GERONA
LA LEYENDA DE LA INMORTAL

José Antonio Quesada Montilla

©José Antonio Quesada Montilla
©De esta edición: Tugia Editores, 2020
https://www.facebook.com/TugiaEditores
©Diseño de portada: DG Angélica McHarrell
www.mcharrell.com

Queda terminantemente prohibida, salvo las excepciones previstas en las leyes, cualquier forma de reproducción, distribución, comunicación pública y cualquier transformación de esta obra sin contar con la autorización de los titulares de propiedad intelectual.

La infracción de los derechos mencionados puede ser constitutiva de delito contra la propiedad intelectual según el Código Penal.

A mi familia.
Ciertos y amados.

«Gerona en 1808 presentaba los caractéres de las ciudades sujetas de antiguo á las servidumbres que llevan consigo las plazas de guerra. Encerrada en un recinto murado, sus calles eran estrechas y tortuosas por más que tuviese algunos edificios bastante bien construídos, sobre todo iglesias y conventos. La vida que llevaban sus habitantes, era monótona con sus ribetes de triste; sin reuniones, sin apenas teatro, sin diversiones, cada familia parecía vivir por sí sola. (...)

La parte de la ciudad situada á la orilla izquierda del río Oñar, llamada Mercadal, es completamente llana y estaba como está circuida hacia el llano por un muro antiguo, con torreones que lo flanquean y apoyado á él un terraplén en su mayor estensión, capaz para artillería. Tiene añadidos cinco baluartes llamados de San Francisco de Paula, en la entrada del río Oñar, de Santa Clara, del Gobernador, de Santa Cruz y de Figuerola á la salida de dicho río. Dominan el llano a tiro de cañón. Cuatro de ellos carecen de foso regular y de camino cubierto. Frente al último entre los ríos Ter, Oñar y Güell y dominado la desembocadura del Galligans hay una luneta avanzada llamada de Bournonville, en combinación con otro terraplén murado del otro lado del Oñar llamado baluarte de San Narciso.»

Historia de los sitios de Gerona en 1808 y 1809
Emilio Grahit y Papell

Introducción

Hay un recuerdo de campos verdes y de aroma a tierra mojada, de soles cálidos y de riachuelos de agua clara, de árboles en flor. Pero en mayo de 1809 no hay primavera en la ciudad de Gerona. Solo ruina, desolación y muerte.

Sus habitantes están cercados por un ejército francés de dieciocho mil hombres bien pertrechados que cuenta una fuerza artillera inmejorable. Los defensores tienen que hacer frente a esa impresionante máquina de guerra con una guarnición de apenas cinco mil soldados, a la que se ha sumado la población civil: hombres, mujeres y niños de toda clase y condición. La defensa de la plaza parece una quimera.

Sin embargo, para asombro del mundo, aquel puñado de españoles va a resistir durante ocho meses las embestidas de los invasores napoleónicos con un heroísmo y sacrificio ejemplar, dejando escrita de forma indeleble una de las páginas más trágicas y, a la vez, más admirables de la historia de la humanidad.

Gerona se ha convertido en leyenda.

Quim Balaguer y sus dos compañeros de fatiga corren como si les persiguiera el diablo. Aunque el demonio del que huyen nada tiene que ver en su apariencia externa con el descrito por los curas de sus ya lejanas catequesis. Este viste de uniforme blanco con casaca azul, se abriga con un capote de paño gris, usa chacó y viene con la bayoneta calada. Y, claro está, con las peores intenciones. Tras un año de guerra, los gerundenses saben muy bien cómo se las gastan los soldados de *mesié* Napoleón. Y viceversa.

Así que Balaguer, con su vieja escopeta de caza en bandolera, se lanza a la desesperada por el primer resquicio que ve abierto en aquella muralla que se desmorona por momentos. En su mano izquierda se bambolea el cuerpo inerte de un conejo y en la derecha oscila un pequeño saco de harina rancia. Un auténtico tesoro robado a los franceses, pero que ahora pesa como un ancla cuando tiene que ascender esa montaña de escombros que se yergue en aquella tierra de nadie antes de alcanzar sus propias líneas.

Los tres hombres, haciendo acopio de sus últimas fuerzas, trepan al límite del resuello, sin reparar en las piedras que laceran sus pies calzados con simples *espardenyes*. Les va la vida en ello. Porque abajo, a sus espaldas, la patrulla de los imperiales ya ha llegado a la base de aquella pirámide de ruinas. El sonido metálico que produce el amartillado de los mosquetes llega nítido a los oídos de Balaguer, que está a punto de culminar la agónica escalada. Sin mirar atrás, lanza hacia la cima su preciada conquista y se tira cuerpo a tierra sin miramientos para evitar ser un blanco fácil. Los primeros disparos de los tiradores franceses impactan cerca. O, lo que para el caso es lo mismo, fallan. Tiene ahora unos segundos hasta la siguiente descarga. Y los aprovecha para alcanzar la cima reptando como una culebra veloz. Conseguido el objetivo se deja rodar unos metros al otro lado del montículo, hasta que una roca detiene su descenso y queda boca arriba con los brazos extendidos, jadeante. Sus compañeros no han llegado.

Recostado de medio lado, sin levantar la cabeza, Balaguer se desprende con agilidad de su escopeta. Tratando de mantener la calma mientras su respiración se acompasa, ceba y carga su arma. En eso anda cuando uno de sus compañeros aparece con el miedo cincelado en su rostro y se deja caer, exánime, a su lado. Afortunadamente, no parece herido. Ellos dos, de momento, parecen a salvo. Y sin mediar palabra ambos gatean hacia la cima recién rebasada para otear el panorama y valorar la situación.

No parece haber tenido igual suerte el tercero de la partida. Pedro Gistau, que así se llama el infortunado, yace boca arriba a pocos metros del pináculo. No ha podido culminar la carrera. Herido en una pierna intenta arrastrarse hacia su salvación. Pero la patrulla francesa ya carga de nuevo sus mosquetes y la mitad de ella apunta en su dirección. Los ojos de Gistau contemplan horrorizados su propio fusilamiento. Sabe que no va a poder contarlo. Aun así, el hombre saca de la faja que rodea su cintura una pistola ya cebada y extiende su brazo en dirección a los fusileros. Y consigue efectuar un disparo antes de sentir la mordedura ardiente del plomo en sus entrañas. El sabor metálico de la sangre inunda su garganta. Ahora sí se sabe herido de muerte.

Pero la muerte, siempre caprichosa, decide tomarse su tiempo. Y Gistau, con el último aliento, aprovecha la pachorra de la parca para intentar cargar la pistola de nuevo. Se le va la vida, pero oye cómo desde arriba uno de sus compañeros dispara. Abajo, entre las filas francesas, una imprecación le indica que, como mínimo, ya van a ser dos *enfants de la pa-*

trie los que ese día van a reunirse con él en el infierno: el de su pistoletazo y ese otro que acaba de caer sin decir ni *moi*. Veremos, piensa mientras nota cómo el frío se apodera de su cuerpo, si se le concede la gracia de llevarse por delante a otro de esos gabachos a los que, en mala hora, les dio por aparecer por aquí. Pero el peso de la pistola es ya demasiado para sus escasas fuerzas. Y eso lo sabe el soldado francés que, como una exhalación, ha subido a trompicones por el talud de escombros y ahora se abalanza contra él bayoneta en ristre. Gistau se resigna.

Pero Balaguer, no. Y en cuanto ha visto la situación comprometida de su compañero ha corrido como un gamo hasta unas casas en ruinas situadas a la izquierda de su posición. Desde allí pretende efectuar dos disparos por el flanco derecho de los galos para atraer la atención de estos y evitar que se ensañen con el paisano caído. Su primera intención era haber disparado contra el de las charreteras, por aquello de ir mermando el eficiente cuerpo de oficiales de su majestad imperial. Pero la visión del soldado francés cargando a la bayoneta contra el desgraciado Gistau le ha hecho cambiar de opinión. Protegido tras un muro semiderruido Balaguer respira hondo, se lleva la escopeta al hombro y exhala con calma. Tiene en el punto de mira el centro del cuerpo del infante imperial. Su dedo índice aprieta con suavidad el tosco gatillo. Y el francés cae hacia un lado antes de que pueda asestar su cuchillada definitiva.

Entretanto, desde la cima, Carvalleda envía otro recado de plomo al pelotón francés. No causa bajas, pero la advertencia mantiene a parte de los fusileros galos ocupados. Y preocupados. No las tienen todas consigo, porque ahora se saben demasiado expuestos al fuego enemigo. Y Balaguer decide acrecentar la angustia francesa. Levanta su pistola, extiende el brazo y, ahora sí, apunta al de las charreteras. El soldado que hay al lado del oficial cae llevándose una mano a la oreja. Ha sido un tiro errado a medias. Pero ha causado el suficiente daño como para que el capitán que comanda la patrulla ordene el repliegue mientras protege su retirada con fuego de fusilería. Además, alertados por el tiroteo, han comenzado a llegar hasta ese punto los primeros paisanos, quienes se han unido a los disparos en defensa de los suyos. Los franceses se retiran con cierto orden dejando cuatro soldados muertos y su orgullo un tanto maltrecho.

Cuando la patrulla francesa se ha alejado lo suficiente, Quim Balaguer sale de su parapeto y se acerca tan rápido como puede hasta Gistau. Pero ya nada puede hacerse por el patriota gerundense, salvo darle sepultura. Al lado del caído quedan sus alforjas con el fruto del pillaje nocturno: unos mendrugos de pan rancio y un puñado de alubias secas. Balaguer recoge aquellas póstumas pertenencias y se las entrega a unos de los paisanos que han acudido en su auxilio.

—No tenía familia —aclara Balaguer—. Repártalo entre sus compañeros.

El jefe del somatén lo mira agradecido. El sitio, aunque en puridad ni siquiera ha comenzado, comienza a hacer estragos y hay ya mucha necesidad.

Luego, Balaguer se apresura a recoger su botín y se encamina hacia el interior de una ciudad que parece a punto de venirse abajo. La escopeta golpea con siniestra suavidad en su espalda al compás de sus pasos. El sol ya ha despuntado por los montes cercanos.

El general Álvarez de Castro, que desde el 29 de abril es ya mariscal de campo, en compañía de su ayudante de campo, Francisco Satué, inspecciona las primeras líneas de defensa. En los trabajos necesarios para situar la plaza en unas mínimas condiciones de ser defendida participan, con admirable entrega, sujetos de todo tipo y condición, desde clérigos a señores principales. Todo el mundo, hombres y mujeres, están manos a la obra bajo la dirección del veterano militar granadino que ha sido nombrado por la Junta Central gobernador militar de la plaza. Es un hombre de carácter reservado, de pocas palabras, casi hosco; pero con una voluntad y un espíritu indomables. Mala noticia para el alto mando francés, que ya lo tuvo que sufrir cuando estuvo al mando del castillo de Montjuich en Barcelona. En aquella coyuntura, D. Mariano, que ya se maliciaba lo que iba a venir, se resistió todo lo que pudo a entregar aquella fortaleza a los entonces aliados imperiales. Solo dio su brazo a torcer cuando recibió órdenes directas del Estado Mayor para que colaborara con los generales del pequeño corso. Y de aquellos polvos, estos lodos.

Ahora, lo que es la vida, tiene bajo su mando otro castillo de Montjuich y, además, toda una ciudad que se apresta a defenderse como buenamente pueda. Porque no hay otra opción. Él ha dejado las cosas meridianamente claras en un bando que ha causado revuelo y estupor entre la población:

«Gerundenses, los enemigos propalan querer por tercera vez probar vuestros esfuerzos; propalan además tener ganada esta ciudad por traición; pero yo que conozco por experiencia vuestro patriotismo, vuestro valor, y la fidelidad que tenéis á Fernando VII, estoy sin el menor recelo, asegurado que me acompañáis en la resolución firme que tengo hecha de defender la plaza hasta perder la última gota de mi sangre: Si gerundenses, toda la nación está prendada de vuestros procederes, y yo el más feliz de estar entre vosotros; sin embargo, para atajar cualquiera maquinación que pudiera haber intentado el enemigo con introducir en la plaza algún perverso: para el caso de presentarse los enemigos al frente de ella: impongo pena de la vida ejecutada inmediatamente á cualquiera persona, sea de la clase, grado o condición que fuere, que tuviese la vileza de proferir la voz de rendición, ó capitulación.»

Pero lo que preocupa verdaderamente al general español no es la represión de un puñado de derrotistas o afrancesados, sino el calamitoso estado de las defensas. Desde que asumió el mando militar de la plaza ha recorrido cada mañana y cada tarde el perímetro defensivo de la ciudad. Todo parece que ha sido dejado de la mano de Dios. Y aunque a marchas forzadas se desbroza la maleza que cubre los baluartes y se reparan brechas y muros por doquier bajo la dirección del coronel de ingenieros Guillermo Minalli, la orografía juega también en su contra. Rodeada de colinas y enseñoreada de castillos, basta que se tome una de aquellas ciudadelas para que la plaza quede a merced de la artillería enemiga. Y el ejército imperial, que alguna cosa sabe de eso, ya tiene prácticamente tomadas todas las cimas.

Los ojos de Álvarez de Castro permanecen fijos en la mole del castillo de Montjuich. De la capacidad para defenderlo depende en buena medida las posibilidades de supervivencia de la ciudad. Si aquella fortaleza cae en manos francesas todo se habrá acabado. Desde que aparecieran los franceses el día 6 por las alturas de Costa-Roja no han hecho más que acumular efectivos, y el general español sabe que muy pronto se lanzarán sobre ellos. Y el castillo será uno de sus principales objetivos.

No se hace ilusiones. Sobre ellos se va a desatar la furia de todos los infiernos.

Una voz ronca lo saca de sus reflexiones. Es el coronel de artillería D. Isidro de Mata, hombre eficiente que trata de suplir las carencias en piezas de artillería y munición con ingenio en la disposición de los cañones. Es una aplicación práctica de la sabia recomendación estoica: hacer de la necesidad virtud.

—Todo dispuesto según las órdenes de Su Excelencia —le informa el artillero.

Las órdenes, piensa Álvarez, han sido magras. Haga todo lo que pueda con lo poco que tenemos. Y el coronel de Mata, al general no le cabe ninguna duda, lo ha hecho.

—Gracias, coronel. —Álvarez lo mira de frente. Su mirada, es consciente de ello, intimida. Pero considera que sus subordinados se merecen, y más en aquellas circunstancias, el respeto de mirarlos con franqueza a la cara—. Cuando los franceses se atrevan a asomarse ya sabe cómo ha de proceder.

—Cumpliremos con nuestro deber, mi general —responde de Mata mientras se cuadra. Aunque el jefe de los artilleros, si ha de ser sincero consigo mismo, aún no consigue imaginar cómo.

El general, tampoco. Y continúa revisando los trabajos en las líneas de defensa.

La presencia de su general en aquellas labores reconforta a los soldados y, en buena medida, a la mayoría de aquellas gentes que lo observan entre el temor y el respeto.

A sus oídos llegan los sonidos, no muy lejanos, de una escaramuza. Sin embargo, sigue su camino imperturbable. Transmitir calma en una situación desesperada es deber de un buen militar. Y tiene que confiar en el valor de los gerundenses como él ha pedido que confíen en él.

«El señor comandante general de la vanguardia y gobernador interino de esta plaza, que tanto se desvela y fatiga en su defensa y que no os abandonará, esforzados geroneses, hasta haber derramado la última gota de sangre y quedar sepultado entre sus ruinas, os manda que todos sin distinción de personas asistáis con el mismo denuedo y valor que habéis manifestado en los dos sitios anteriores y á los mismos puestos que ya estaban destinados al toque de generala, á cualquier hora que se haga, pues confía en vuestro valor y ardimiento.»

El Hermano Eustaquio ha asistido con semblante impasible a la demostración práctica de cómo disparar un mosquete que ha realizado el sargento Padilla. Tiene sus motivos para no participar de la excitación contenida que aquella novedad ha causado entre sus hermanos de orden, que más parecen en aquella coyuntura reclutas con hábitos que doctos y humildes dominicos. En realidad, lo que el monje siente de verdad es un íntimo disgusto contra sí mismo. El crujido metálico del amartillado de un arma le revuelve los recuerdos avivando sus remordimientos. Pero hay que allanarse a los designios del Altísimo. Y si Este quiere que vuelva a empuñar un arma lo hará, aunque no entienda sus motivos y con eso rompa uno de sus votos. En realidad, el voto y el verdadero motivo por el que está allí. Pero tal vez, de alguna forma, eso tenga que ver con el castigo que Dios le ha preparado. Eustaquio sabe que todo se paga. En esta vida o en la otra. Y sus deudas, no va a negarlo, son muy grandes.

El más alborozado por la novedad es el joven novicio Narciso Monté, que ha estado mirando de hito en hito a Eustaquio a cada explicación del militar, como buscando complicidad y aquiescencia de quien considera su maestro y su amigo. Segundón de una familia de payeses acomodados, el adolescente Monté ha encontrado en aquel rudo y hermético monje el báculo afectivo para sobrellevar la espartana vida del convento. Y su entusiasmo alcanza el cénit cuando el sargento Padilla invita al hierático fraile a cargar un mosquete tal y como ha explicado en un ejemplo práctico a la religiosa concurrencia.

Eustaquio se resiste en su silla unos instantes. Pero la mirada inquisitiva del prior, que lo reprende por su tardanza, hace que se incorpore aunque sin demasiado entusiasmo. Con las manos cruzadas entre las mangas deshilachadas de su hábito se dirige lentamente hacia donde está el sargento, que lo recibe con un gesto de cierta conmiseración y una leve sonrisa de condescendencia.

—Bien, Hermano. —El sargento le entrega al fraile uno de los mosquetes y coge otro de la mesa para él—. No tiene más que seguir mis pasos. Obsérveme. No le resultará difícil.

Eustaquio toma el fusil y siente cómo el flujo de su sangre se transforma en una torrentera a punto de desbordar sus venas. Sus sienes palpitan desbocadas y su boca se inunda de un regusto amargo. Un rictus, que se adivina antiguo, deforma las líneas de sus labios. Y sus ojos adquieren, por un momento, la mirada torva e impía de la alimaña.

El fraile muerde el cartucho de pólvora conteniendo apenas su rabia, ceba el mosquete, introduce la esfera de plomo en el cañón y le entrega el arma amartillada al sargento Padilla, que no cabe en sí del asombro. Luego, el que todos conocen en el convento como Hermano Eustaquio, regresa a su silla sin decir palabra ante el estupor general. Hay un abismo inextricable en su mirada.

A su lado, el joven Monté parpadea con la boca abierta sin disimular su admiración.

—¿Fuiste cazador? —se atreve a preguntar en un susurro.

El fraile asiente taciturno. El rictus de amargura no se ha borrado de sus labios.

Sean McHarrell recuesta su espalda contra unos de los paños de muralla que circunvala el reducto de San Luis, un anejo defensivo del castillo de Montjuich. Su pierna derecha está flexionada y su bota acomodada entre los intersticios de los sillares. Con los pulgares introducidos entre los correajes de su cintura, el sargento del Regimiento de Ultonia toma apaciblemente el sol. Tras veinticuatro horas de guardia y alguna que otra escaramuza con las patrullas de los imperiales bien merece unos minutos de reposo mientras espera. Dentro de un mes este sol, que ahora se muestra suave y apetecible, se transformará en una hoguera del infierno capaz de achicharrar al mismísimo demonio. Así que entrecierra los ojos y se dispone a disfrutar del momento.

Un momento que no dura mucho. Porque el inevitable capitán O'Sullivan se ha llegado hasta él y, con una mano en la cintura y la otra reposando sobre la reluciente empuñadura de su sable, espera que su suboficial se le cuadre y le rinda el pertinente saludo marcial. McHarrell, por el puro placer de provocarle, finge no haberle visto y continúa haciéndole guiños al sol.

El capitán, todo educación y comedimiento, carraspea. El sargento abre entonces por completo los ojos y, también con comedida impertinencia, sonríe, deshace su posición de descanso y se cuadra con toda la parsimonia del mundo ante aquel figurín.

—A las órdenes de usted, mi capitán —ronronea.

El capitán asiente sin mucho entusiasmo.

—Dígame, sargento. Hace unos momentos, antes de que usted se acomodara sobre estos viejos sillares a disfrutar del sol de España, miraba… yo diría que con inusitada insistencia, por encima de la muralla. ¿Solo estaba ocioso o le ha parecido ver algún movimiento reseñable de las tropas del enemigo del que considere necesario informar?

Al sargento, en realidad, lo que le parece verdaderamente reseñable es que aquel gilipollas ostente unas charreteras de capitán. Pero, lógicamente, prefiere reservarse la opinión. Y mientras medita una respuesta adecuada que no lo lleve al calabozo por insubordinación, el *movimiento reseñable* asoma su cabeza sonriente por un agujero de la muralla.

—*Son, guader* —anuncia la muchacha alborozada mientras pasa al otro lado un pequeño botijo.

El sargento McHarrell se atusa sus rojizos bigotes y se apresura a recoger aquel recipiente de cerámica que el capitán O'Sullivan observa como si fuera un proyectil de la artillería napoleónica a punto de estallar. Luego, obviando la presencia de su superior, entrechoca sus botas en un saludo marcial e inclina su cuerpo hasta quedar casi a la altura de la joven visitante.

—*Thanks*, Josefina —agradece el suboficial con una sonrisa de oreja a oreja.

—*Zans* —repite la muchacha, divertida. Y luego, como reparando en el capitán, pregunta—: Y este, ¿quién es?

Sean McHarrell, que no oculta del todo su gozo por una situación en la que su superior no parece muy cómodo, se dispone a hacer las pertinentes presentaciones.

—Mi capitán, tengo el honor de presentarle a la señorita Josefina Virués, valiente defensora de esta plaza.

La chica amplía su sonrisa. Y el oficial se descubre y saluda a la tal Josefina Virués de la misma forma que su sargento, aunque con menos prosopopeya gestual. Después mira de reojo a su suboficial que, por lo visto, sabe beber de aquel condenado artefacto, y, como asume que no tiene nada que hacer allí, decide que lo mejor es poner pies en polvorosa de la manera más discreta posible. Eso sí, sin menoscabo de ejercitar una vez más su proverbial pedantería después de rechazar la invitación a beber del botijo que le ofrece con el brazo extendido el sargento McHarrell.

—Señorita, ha sido un verdadero placer. Aprovecho esta feliz coyuntura para expresar mi reconocimiento ante usted por la valentía de las féminas de esta ciudad en estos dramáticos momentos. Son un ejemplo digno de admiración. Y ahora, si me disculpa, tengo que atender mis obligaciones militares.

Dicho lo cual, el capitán O'Sullivan emite una sonrisilla nerviosa, hace golpear sus talones, se inclina ante la amazona y gira sobre sí mismo como si tuviera un resorte bajo sus pies marchándose con viento fresco. Mientras se aleja admite que ir a incordiar al díscolo sargento McHarrel no ha sido una buena idea.

—¿Qué es una fémina? —pregunta la chica con un cierto tono de desconfianza.

—Una mujer

—¿Y por qué habla tan raro?

—Es medio inglés. —McHarrell aprovecha para insidiar y divertirse a costa de aquel capitán entrometido y ridículo.

—Pues ahora los ingleses son nuestros aliados. ¿Crees que llegarán hasta aquí para ayudarnos?

Al sargento, que le tiene a los ingleses tanto aprecio como a una galerna en un día de pesca, no le gusta en demasía la idea.

—No nos hacen falta. Trescientos irlandeses valen por dos ejércitos de casacas rojas. ¿O lo duda usted? —provoca el suboficial volviéndose a atusar los bigotes con el dorso de su dedo índice. Josefina Virués lo mira embelesada.

—Nooo —apresura a excusarse la muchacha—. Además, nosotras vamos a ser también soldados —anuncia seguidamente con indisimulado orgullo.

McHarrell, que ya ha comprobado los arrestos de aquellas mujeres en la defensa de su ciudad, tiene noticias de que pronto se les otorgará la condición militar.

—Sería un honor para mí ser su sargento instructor —se ofrece antes de ejercitar una reverencia voluntariamente teatral. La chica se ruboriza incapaz de contener la risa.

—Si comienza a hablar y a comportarse como su capitán, me voy y no vuelvo —amenaza.

Y aunque el sargento ríe también sabe que ha llegado la hora de despedirse. Introduce medio cuerpo por la abertura de la muralla y señala con su mano hacia uno de los montes cercanos.

—¿Josefina, ve esa cima de allí? —La muchacha se gira hacia el lugar que le indica Sean McHarrell y asiente—. Pues los franceses ya merodean por sus inmediaciones. Este lugar va a quedar a tiro de mosquete en unas horas. No vuelva usted a subir por este sendero. Es peligroso, ¿me entiende?

A la joven amazona se le demuda el semblante.

—Pero la fuente… está allí abajo… —balbucea.

El hombre sabe qué es lo que verdaderamente está pensando la muchacha. Y no quiere que le queden dudas.

—Yo iré a verla a usted, si me lo permite, a esa fuente que hay junto a la plaza del mercado. Hasta allí no llegan las balas francesas. —Al menos todavía, piensa—. ¿Le parece bien esta tarde? —propone al fin.

Josefina Virués parece suspirar con alivio. Aunque seguidamente su rostro dibuja una mueca traviesa.

—No sé si podré. Espéreme, si quiere.

Dicho lo cual se lanza a la carrera colina abajo.

Sean McHarrell se queda mirando a través de la abertura de la muralla. Y reconoce ante sí mismo que tiene el corazón acelerado. La ciudad se está viniendo abajo y él se enamora.

En la soledad de su gabinete, Arturo Mas observa a través de los cortinajes la margen izquierda del Ter, donde los franceses han comenzado a dejarse ver. Los labios fruncidos, el mentón elevado y los párpados caídos arropando unos ojos vidriosos delatan desprecio e ira. Pero en contra de lo que pudiera pensarse, aquellos sentimientos no van dirigidos contra las tropas del país enemigo que pronto tendrá a tiro de cañón su casa, sino contra quienes, en un incomprensible ejercicio de estupidez suicida, han decidido enfrentarse a la razón y al progreso, que es lo que trae la administración francesa.

Así lo piensa y así lo ha expuesto. Pero de nada han servido sus nobles argumentos ante toda aquella patulea analfabeta y fanática. Pocos son los que han querido escucharlo. Y esos pocos, o han huido de la ciudad o, como él, han tenido que recluirse en sus casas por miedo a ser fusilados por traidores. No hay más que ceguera y estulticia entre aquellos patriotas. Oscurantismo y retraso.

Aunque está convencido de que muy pronto van a cambiar las cosas. Y entonces las gentes de bien, como él, serán los baluartes en los que se apoyará la nueva administración del rey José Bonaparte o la del mismísimo *Empereur*, según se decida cuando convenga. Veremos, llegada la hora, si ese condenado y zarrapastroso general castellano o andaluz, tan amigo de los fusilamientos, no sufre el destino con el que tanto le gusta amenazar en sus bandos.

Con todo, hasta que lleguen mejores días habrá que ser prudentes, no señalarse más. Actuar con inteligencia. Plegarse. Allanarse aparentemente. Y, mientras tanto, preparar la venganza, que siempre llega y siempre es dulce y fría. Y esa venganza, piensa apretando los puños, también la alcanzará a ella. Nadie desprecia a Arturo Mas.

Tras la mesa de su escritorio Álvarez de Castro garabatea con soltura las órdenes para el día siguiente. Terminada la tarea se incorpora y tiende el papel a su ayudante Francisco Satué, quien lo recoge y lo agita en dirección al capitán de la guardia que espera a la entrada de la puerta sin inmutarse. Este, en dos rápidas zancadas, se acerca hasta el ayudante de campo, toma el documento y sale raudo de la habitación tras un sonoro taconazo de sus botas.

Al fondo de la estancia aguardan varios hombres que han contemplado la escena en respetuoso silencio. Y hasta ellos se acerca el general, quien se detiene a una distancia de tres pasos, cruza las manos por detrás de la espalda y lanza una mirada impaciente a Satué para que comience las pertinentes presentaciones y pueda dar inicio la audiencia.

—Mi general —comienza diciendo su asistente—, estos caballeros quieren exponerle a Su Excelencia sus impresiones sobre el combate que ha tenido lugar en los alrededores de la ermita de los Ángeles. —Álvarez de Castro asiente con lentitud. No espera buenas noticias—. Le presento —continúa Satué— a los capitanes Mediola y Martí y al jefe del segundo tercio de migueletes D. Juan Clarós.

Este nombre hace que el gobernador esboce una ligerísima sonrisa de satisfacción y se apresure a tenderle la mano al hombre que lleva a maltraer al ejército napoleónico de Cataluña. Álvarez de Castro conoce muy bien las acciones de aquel patriota. Clarós, veterano militar de la Guerra del Rosellón, lleva desde el inicio de la guerra recorriendo arriba y abajo su patria chica detrás de los imperiales, quienes lo temen tanto más que lo aborrecen. Entre sus hechos más memorables destaca la aplastante victoria en Molins De Rei sobre una confiada división francesa, a la que causó más de trescientas bajas y la pérdida de todo un convoy de aprovisionamiento. Asimismo fue uno de los que, a las órdenes del general Conde de Caldagués, puso en fuga a Duhesme cuando el año anterior había tratado de sitiar y tomar Gerona. En resumidas cuentas, el barcelonés es un auténtico quebradero de cabeza para los generales del pequeño corso.

Álvarez de Castro observa durante unos momentos el rostro curtido de aquel hombre. Clarós, que ya pasa de la cincuentena, desprende ese sereno arrojo y esa tenacidad reposada que otorgan los años. Y esos hombres son los que respeta el militar andaluz. De hecho, aunque el viejo león hispano que defiende Gerona no pueda saberlo, se encuentra, en cierto modo, frente a su alma gemela.

—Coronel, permítame que le exprese mi reconocimiento y mi afecto —dice el general arropando con su mano izquierda la muñeca derecha de aquel hombre. En aquel apretón de manos hay una sincera cordialidad, una muestra de admiración y respeto.

—A las órdenes de usted, mi general. —La voz del catalán es grave y serena—. Me temo, no obstante, que no traigo noticias alentadoras.

—Nada es alentador al día de hoy en nuestra desgraciada patria. Afortunadamente, a España aún le quedan hijos como usted.

—Me honra usted, mi general. Con sus palabras y con su ejemplo.

—Cumplo con mi deber. Como hace usted. Para desesperación de esos generalillos relamidos como Duhesme o Reille. Este último, según tengo entendido, aún lo anda buscando a usted por tierras ampurdanesas. —Unas comedidas risas distienden el ambiente. Álvarez de Castro, aunque poco amigo de las bromas, ha ironizado sobre los diversos encuentros que Clarós tuvo con el mencionado general Reille, a quien destrozó varias de sus columnas sin que el francés fuera capaz de dar con él—. Pero usted ha venido a facilitar una información que juzga de interés para nuestra defensa —retoma el hilo el general— y no quiero que se demore en sus explicaciones. Así que adelante, le escucho.

Álvarez de Castro vuelve a cruzar sus muñecas por detrás de la espalda. Y Clarós da cuenta de lo acontecido.

—Mi general, como usted sabe, tras llegar los franceses a las alturas de Costa-Roja a comienzos de mes, se hizo un llamamiento a la población de los alrededores para que acudiera en socorro de la posición establecida en torno a la ermita de los Ángeles. Entre otros, acudieron paisanos de Montagut que se batieron con denuedo al lado de mis somatenes. Nos defendimos bien. Pero lo corto de la guarnición y la aparición de nuevos refuerzos del enemigo hicieron de todo punto imposible una resistencia más duradera. Aquella posición ya está en manos francesas.

—¿Pudieron replegarse sin demasiadas bajas? —se interesa el gobernador cuyo semblante parece haber adquirido una tonalidad marmórea.

—Conseguimos organizar un repliegue ordenado y eso ha evitado males mayores —detalla Clarós—. Los civiles cubrieron a los soldados y así, mientras los primeros escapaban hacia el campo y las montañas, donde el enemigo no iba a aventurarse en una persecución temeraria, los segundos conseguían entrar en la ciudad sin que las bajas fueran sensibles. Pero hay muchos heridos entre ellos.

—No dudo de que se ha hecho todo lo posible —reconoce el general que, con las manos todavía entrelazadas en la espalda, se acerca hasta una de las ventanas y se queda pensativo mirando a través de unos cristales sucios. La noche ha caído sobre Gerona. Luego se gira lentamente sobre sus talones y habla en voz alta llevándose una mano al mentón—: Caballeros, los franceses se aprestan a abalanzarse sobre nosotros. Y, créanme: su primer objetivo va a ser el castillo de Montjuich.

Antes de que ella le toque, Quim Balaguer ya ha percibido su presencia. Su aroma ha penetrado en su frágil sueño poniéndolo en una alerta dulce. Huele a salvia y a romero. Y entonces siente su contacto, un suave zarandeo en su brazo. Se resigna a despertar.

Isabel Llobet es dueña unos ojos grandes y oscuros, y al pescador metido a guerrillero le gusta zozobrar en ellos.

—Pronto amanecerá —susurra la mujer con una leve sonrisa en sus labios temblorosos.

Balaguer está a punto de abrazarla, pero una tos en la habitación contigua hace que su movimiento se detenga. Se incorpora a medias de las mantas que utiliza como camastro y con dos dedos acaricia levísimamente el mentón de Isabel.

—¿Cómo está? —pregunta mientras pasea la vista por la estancia que hace las veces de cocina, salón y de su improvisado dormitorio.

—Muy débil, me temo —la voz de la muchacha está a punto de quebrarse.

Balaguer termina de levantarse de un salto, se echa por encima una de las raídas mantas que le han mitigado el frío de la noche y se cuelga en bandolera sus alforjas. Duerme vestido al tenue calor del hogar porque, en aquel trance, nunca se sabe cuándo habrá que salir corriendo a defender el perímetro de la ciudad o, simplemente, escapar antes de ser sepultado por los escombros de una casa que amenaza venirse abajo por las dos bombas que ya le han caído cerca. Es consciente, no obstante, de que si un obús francés impacta contra la casa, de allí nadie sale vivo si no es por un milagro.

—Volveré con algo para comer —asegura Balaguer mirando al suelo. Íntimamente sabe que la madre ya no va a reponerse.

—Por Dios, no vuelvas a cruzar las líneas francesas… Te matarán —solloza la muchacha mientras lo coge por el brazo sin poder contener la desesperación.

El hombre se vuelve para intentar calmarla y entonces repara en la enjuta figura que se recorta inmóvil bajo el dintel de la puerta de la calle.

—Padre… no le oí salir —musita la joven Llobet mientras se seca las lágrimas. La presencia paterna también la ha pillado por sorpresa.

—Mi hija tiene razón, Joaquín —la voz del viejo suena tan

sincera como apesadumbrada. Y arrastrando los pies se acerca hasta la silla que hay frente al hogar y que de madrugada ya agotó sus últimas ascuas. La leña también escasea. Un silencio fúnebre lo envuelve todo—. Prepara una tisana para tu madre, Isabel —musita al fin Narciso Llobet arrojando un puñado de hierbas sobre la mesa.

—Tengo que incorporarme a mi partida —dice Balaguer mirando de hito en hito a padre e hija. Luego coge su escopeta y se dirige a la puerta. Ya en el umbral se gira. Pero no dice nada y se lanza a unas calles que le parecen cada día más lúgubres.

El muchacho se agazapa a los pies de su camastro en lo más oscuro de la madrugada, como cada noche. Y, como siempre, lo mira desde el pozo negro de sus ojos sin vida. Ya no le aterroriza como al principio. Hace tiempo que entendió el motivo de sus apariciones. Las acepta como la penitencia que el Altísimo le ha asignado en esta vida antes de que lo arroje al infierno por toda la eternidad en la otra. Y es que hay cosas que ni el mismísimo Dios debería perdonar.

Entonces, como cada noche, recuerda, rememora su tiempo de alimaña.

«*Sierra Larga* aguarda emboscado entre la maleza, a cuatro pasos del sendero. Más adelante, Pepón *el maño*, también espera la orden de su jefe para salir al paso del carruaje que saben no ha de tardar en pasar por allí. La pronunciada curva y lo angosto del camino hará necesariamente que el faetón vaya más despacio. Momento oportuno para que *el maño*, a la salida de la curva, enfrente al conductor y acabe con él de un trabucazo. *Sierra Larga* saldrá entonces de su escondrijo y, por el flanco, abrirá la portezuela del vehículo y despachará para el otro mundo al notario que viaja en su interior llevando con él un maletín con cinco mil reales. Dinero que pasará, a partir de ese momento, de las manos difuntas del leguleyo a las suyas vivas. Un golpe limpio, brutal y sin testigos, como todos los de *Sierra Larga*.

»Solo que hoy Dios ha dispuesto otra cosa. Y *Sierra Larga* no será consciente de ello hasta que sea fatalmente tarde y no haya remedio.

«La carraca va inusualmente más despacio de lo necesario, piensa *Sierra Larga* cuando oye el sonido del carruaje aproximándose. Un cochero inexperto o damas en su interior, se malicia el bandido. Aunque han seguido los movimientos del notario desde días atrás y esa misma mañana lo han visto disponerlo todo para su partida antes de salir a galope hacia la sierra. *Sierra Larga* ceba sus dos pistolas, una la coloca entre el fajín y la otra la afianza en la mano; y lanza un silbido de aviso para que el maño arrastre el tronco hasta mitad del camino y reciba al vehículo como está previsto.

»Los caballos pasan a su lado y *Sierra Larga* salta al camino. Oye el escopetazo del *maño* y el lamento agónico del cochero cuyo cuerpo choca sordamente contra el suelo. Él abre la portezuela del carruaje y descerraja un pistoletazo a bocajarro hacia el interior. Pero allí no hay notario. Ni maletín. Solo un niño con el pecho destrozado que empieza a ahogarse en su propia sangre, mientras extiende hacia él una pequeña mano lívida en busca de un auxilio ingenuo. El niño tose brevemente y sus ojos se congelan para siempre ante la mirada atónita y desorbitada de *Sierra Larga*.»

El Hermano Eustaquio se desliza del catre con la suavidad del felino, se levanta el hábito y se arrodilla sobre la piedra fría del suelo; luego se deja caer hacia delante con los brazos extendidos. El pequeño crucifijo de la pared lo contemplará impasible durante dos largas horas. No reza y no solicita el perdón de sus pecados. *Sierra Larga* no quiere ser perdonado.

Tras su primera y particular penitencia camina descalzo hasta el pozo de agua enclavado en mitad del claustro. Apoyado en el brocal observa la negritud del fondo, que lo atrae como una fuerza irresistible una madrugada más. Una voz a sus espaldas le quiebra cualquier tentación.

—¿Tan grande es tu pecado, hijo mío, que quieres borrarlo con otro irremediable para toda la eternidad?

El Hermano Eustaquio se gira despacio, vuelve a levantarse el hábito y se postra a los pies del viejo prior, que lo mira con el afecto de un padre hacia su hijo pródigo.

—Reverendísimo Padre, ¿me concedéis permiso para exponerle un asunto que me preocupa?

—¿Religioso o mundano?

—Ambas cosas, Reverendísimo Padre.

—Está bien, hablad.

—Los novicios.

—¿Qué ocurre con esas almas cándidas?

—No los deberíamos exponer en el combate.

—Hijo mío, en esta prueba que Dios nos envía es obligación todo buen cristiano salir en defensa de la Fe, de su patria y de su rey.

—Sin duda es como decís, Reverendísimo Padre. Solo os pido humildemente que consideréis destinarlos a tareas de apoyo en la lucha que se avecina. Si les ponemos un mosquete en las manos a esos pobres muchachos no sobrevivirán al primer envite de los franceses.

—Veo que sabéis mucho de guerra… como de armas.

—He pecado mucho.

Al prior, el tono de esa afirmación le suena más a arrogancia que a arrepentimiento. Pero no dice nada.

—Está bien. Levantaos y continuad con vuestras tareas. Tendré en cuenta lo que decís.

El Hermano Eustaquio besa el dorso de la mano del prior y se incorpora. Su siguiente faena es llevar el agua hasta las cocinas.

—Gracias, Reverendísimo Padre —musita antes de lanzar el cubo de metal al pozo.

El prior cabecea en silencio y se marcha de nuevo en dirección al interior del convento. Nunca en su larga vida ha visto a un hombre tan atormentado.

MEMORIAL HISTÓRICO DE LOS SUCESOS MÁS NOTABLES DE ARMAS Y ESTADO DE LA SALUD PÚBLICA DURANTE EL ÚLTIMO SITIO DE LA PLAZA DE GERONA

D. Juan Andrés Nieto Samaniego
Doctor en Medicina y Cirugía, Cirujano-Médico consultor de los Reales Ejércitos y Jefe de su facultad en la citada Plaza durante el referido sitio.

MAYO

«El día 6 de este mes del año de 1809, día memorable en los fastos de la Historia de la presente guerra, comparecieron las primeras partidas avanzadas de los sitiadores de Gerona sobre las alturas de Casa Roca, y Costarroja, al otro lado del río Ter en la inmediación de la ciudad; y como había precedido una tentativa de sorpresa y un sitio formal hecho por los mismos enemigos a la plaza, y el horroroso cúmulo de preparativos de la guerra y sitio en Bascara y otros puntos, previa la toma de Rosas y la derrota que sufrió nuestro Ejército en Cataluña en la señalada batalla de Valls, tan dignamente sostenida por nuestras armas, nadie pudo dudar al ver acercarse al enemigo desembarazado ya de la incomodidad que podía causarle nuestro Ejército, que comenzaba la obra digan del Armipotente Sitiador; y más cuando en los días consecutivos se vieron obras de zapa sobre la mayor altura cerca de casa Roca.

Al paso que el enemigo convergía en la circunvalación de la plaza tomaba impunemente las posiciones que le dictaban sus altos conocimientos militares, establecía campos parapetos y caminos, y echaba los fundamentos de la enorme batería de once morteros tan sabiamente colocada en Casa Roca que podía destruir la ciudad sin ser apenas ofendida por nuestros continuos y bien dirigidos fuegos, adelantaba las obras contra los puestos avanzados del castillo de Montjuich; comenzaba a pasar ante nuestros ojos la formidable artillería para colocarla en sus destinos; se iban resintiendo los ánimos, iban fijándose las ideas sobre los horrorosos objetos que en toda especie de calamidad ofrece un sitio.

Y no obstante el cúmulo de horrores que se ofrecía a la vista de los invictos gerundenses, la gran sensibilidad del bello sexo, y el natural temor de lo futuro que combatía los ánimos, tal fue la noble indiferencia, serenidad y presencia de espíritu que dictó la gloria militar, el patriotismo y adhesión a la causa que habitantes y tropa se prometían defender, y defendieron hasta apurar las últimas gotas de amarguras, que no solo en el decurso de este mes, pero ni en todo el prolongado sitio, apenas se atrevió a comparecer en los labios ni aun en los semblantes algún signo de temor, de los estragos que debían seguirse y se siguieron a los horribles guerreros preparativos que iban circunvalando la inocente ciudad.

Al paso que el enemigo iba practicando sus trabajos, tomaba la plaza cuantas medidas de resistencia y resistencia le permitían sus cortos recursos: compusiéronse los blindajes públicos y privados que todavía permanecían desde el anterior sitio y bombeo: fabricáronse dos tahonas de muy mala mecánica, y de consiguiente de poca utilidad: se eligieron en el claustro de la catedral algunos parajes para las oficinas de gobierno, etc…

La Junta Militar propuso el desempedro de las calles como necesario, a lo que se opuso la Junta Corregimental. Esta última me pasó oficio para que juntase los facultativos de mi cargo, y en consulta resolviesen si el desempedro de las calles era o no contrario a la salud.

Tomé licencia para esto del Comandante General, y hecha la consulta resultó que podían desempedrarse solo las plazas y calles necesarias para la comunicación pública y práctica de los actos del servicio militar; decisión que hizo la Facultad más bien por conciliar ambas autoridades, que por responder categóricamente a la consulta que se les había hecho: desempedráronse pues algunas calles y cesó la cuestión.

Enardecidos los ánimos de militares y ciudadanos por la injusta aproximación del enemigo, y resueltos a defenderse, y ofender a todo trance, y riesgo, sin consultar más que el implacable odio que se había conciliado el sitiador, conocida por el Comandante general esta bella disposición de ánimos, llama la atención pública un bando, que publicado por el modo con que le autoriza la sabia ordenanza militar española, sorprende, impone y fija la atención:

«Pena de la vida ejecutada inmediatamente, a cualquiera persona, sin distinción de calidad ni condición, que hablare de capitulación, o rendición.»

Esta ley fue recibida con entusiasmo, por la guarnición y el pueblo, por la oportunidad con que se publicó, y cosió los labios a cuantos pudieran posponer la entrega de la ciudad a sus intereses, y comodidad personal; reconcentró las ideas hacia un mismo fin; y fue el preludio de la inaudita defensa que se practicó.

La ciudad estaba ya habituada a las duras visitas del enemigo; estaba aguerrida; y de consiguiente nada influyó visiblemente en la salud, la idea del sitio: la de bombas y sus estragos se sofocó en la grandeza del noble orgullo español.

SALUD

El estado de los hospitales que estaban a cargo de la Medicina quirúrgica, de que daremos razón mensual, era a fines de mayo como se ve a continuación:

Entrados: 72.
Salidos: 63.
Muertos: 6.
Existentes: 78.

Clases de enfermedades que padecen:
Heridos: 35.
Galicados: 10.
Males varios: 33.

En los Hospitales de medicina inclusa la sarna que estaba al cuidado de los médicos, habría doble número de enfermos, y como el estudio actual de estados y licencia, no permite a los profesores de la medicina dietética seguir por sí solos el tratamiento de las enfermedades que les son respectivas, por faltarles el uso, y en general los conocimientos de la medicina quirúrgica, es necesario para satisfacer las indicaciones y medios quirúrgicos, que ofrecen y exigen las enfermedades médicas, a lo menos un facultativo de Cirugía, asociado a cada médico de número, según lo previene la Ordenanza: lo que conviene tener presente para que se pueda dar al servicio de salud practicado en aquella plaza por los profesores de cirugía, el justo valor y aprecio que merece.»

Álvarez de Castro ha comprobado personalmente los irresistibles progresos del tren de sitio de los franceses. La realidad no puede ser más preocupante ni los presagios más funestos. A pesar del incesante tiroteo con el que militares y paisanos han sometido a los zapadores e ingenieros galos, los soldados de Sanson y Taviel logran formar una paralela a la altura de Tramon, a unas seiscientas toesas de las torres de San Luis y San Narciso. Y del extremo de dicha paralela han sacado un ramal de trinchera donde los sitiadores han plantado una batería de ocho cañones de veinticuatro y dos obuses de nueve pulgadas. Además, los franceses tienen otra batería de morteros detrás de las alturas de Denroca, a poco más de trescientas cincuenta toesas del Baluarte de San Pedro, situado en la puerta de Francia y a la derecha del río Oña. Por si eso fuera poco, la división westfaliana al mando del general Orio ocupa la margen izquierda del Ter, por San Medir, Montagut y Costa-Roja; la brigada de Juvhant se asienta en Pont-Mayor; los regimientos de Berg y Wurszburgo controlan las alturas de San Miguel y Villa-Roja hasta las inmediaciones de Los Ángeles; y las tropas enviadas desde Vich por Saint-Cyr dominan el terreno que va del Oña al Ter, por Montelibi, Palau y el llano de Salt. La ciudad está prácticamente rodeada. Sobre Gerona va a desatarse el mismísimo infierno.

Con todo, el sagaz gobernador militar sigue convencido de que el ataque principal, el primer objetivo de las tropas imperiales, va a recaer sobre Montjuich. Como también sabe que habrá una intentona, más como maniobra de despiste que de otra cosa, sobre algún punto de la ciudad. Aunque conviene estar preparado y no dejar nada al azar. No quiere que por un exceso de confianza o por un error de cálculo una compañía de granaderos enemiga termine a los pies de la catedral. Por todos esos motivos, mientras cae la tarde, se afana en la revisión de media docena de mapas. Necesita conocer al detalle los entresijos del entramado callejero para poder dar las órdenes oportunas y situar convenientemente a sus soldados. Y en eso anda, estudiando y cavilando cuando le anuncian que tiene visita.

—A la orden de Su Excelencia —se anuncia Satué mientras se cuadra ante su general.

—¿Qué ocurre, Satué? —pregunta sin levantar la vista de encima de la mesa donde tiene desplegados los mapas.

—Un emisario francés desea parlamentar con Su Excelencia.

Álvarez de Castro rodea la mesa con las manos en la espalda. Sigue con la mirada fija en sus mapas. Tras dos largos minutos de silencio se encara con su ayudante de campo.

—Comuníquenle, textualmente, lo siguiente: «No queriendo trato ni comunicación con los enemigos de mi patria, en adelante recibiré a cañonazos a cuantos emisarios me envíen». Y comunique mi decisión a jefes, oficiales y a los miembros del corregimiento municipal para que actúen en consecuencia y no se me importune más con este tipo de cuestiones de cara al futuro.

Satué parpadea. No le parece la respuesta más política ni, seguramente, la más conveniente. Pero, al fin y al cabo, dieciocho mil mosquetes franceses apuntándoles al pecho tampoco es que sea el epítome de la amabilidad. Y, desde luego, no va a perder el tiempo discutiendo una orden. Se limita a saludar marcialmente a su general y se marcha a cumplir con su deber.

El teniente Leblanc espera, imperialmente molesto dentro su impecable uniforme de granadero, a que aparezca alguna autoridad militar y ofrezca la pertinente respuesta al motivo de su noble embajada que ha tenido la deferencia de enviar el general Verdier. Sin embargo, lleva una hora tostándose al sol del atardecer y los únicos que están inquietantemente cerca de él son unos paisanos sucios y malencarados que, por el mismo tiempo, se divierten a su costa mientras juguetean con una soga de la que pende un nudo corredizo en su extremo, risotada va y risotada viene. No cree que aquellos *merd de gens* se planteen seriamente colgar a un emisario que ha venido enarbolando una bandera parlamentaria, pero ha visto las suficientes cosas en la guerra de España como para estar del todo tranquilo. Y en caso de que las cosas se pongan feas no cree que pueda esperar mucha ayuda del suboficial pelirrojo que ha estado paseando a su alrededor, observándolo con descaro de arriba abajo, pistolón en mano.

—Este *fransuá* es de la escuela O'Sullivan —dice McHarrell

para regocijo de los dos soldados del Regimiento de Ultonia que lo acompañan y cachondeo generalizado de los paisanos, que también saben de la inclinación por la elegancia del oficial irlandés—. Como última voluntad os va a pedir que no le arruguéis mucho el cuello de su guerrera.

La llegada, finalmente, de una comitiva de militares y civiles apacigua su turbado espíritu. Satué, que encabeza la delegación, se adelanta unos pasos y recibe del teniente de granaderos una leve inclinación de cerviz. Luego le espeta la decisión tomada por su general y gobernador de la plaza. El teniente Leblanc que, sin duda, esperaba una respuesta algo más diplomática, mira con estupor y cierta consternación al general español; y, sin poderlo evitar y seguramente excediéndose en sus prerrogativas, no se resiste a comentarle algo que le parece de apabullante lógica.

—*Mais... Monsieur genegal, están godeados pog completo. Es mejog gendigse ahoga dignamente y evitag males mayoges...*

Pero Satué no está para sermones de racionalismo francés con acento insufrible.

—Mire, teniente, a los males mayores los enfrentaremos de la misma forma que a sus próximos emisarios. Ahora, vaya y transmítale a su general la respuesta del pueblo de Gerona.

Y el teniente Leblanc se va por donde ha venido, pensando que a los españoles les *manca finezza*, tal y como aprendió de los transalpinos en las campañas de Italia.

Verdier, en su tienda de campaña, recibe la abrupta contestación de Álvarez de Castro con un gesto de desprecio.

—*Ces espagnols... toujours aussi stupides*[1] —murmura mientras saborea el pretexto para bombardearlos.

En la medianoche del trece al catorce de junio suena el primer cañonazo francés. La ciudad entera se moviliza y cada combatiente acude al lugar asignado por las autoridades mi-

---

[1] Estos españoles... siempre tan estúpidos

litares. Álvarez de Castro sale a recorrer las calles sin temor a los obuses. Reconforta y da ánimo a los civiles. Es el preludio de la primera acometida contra Gerona.

La noche, con todo, es caótica. Decenas de casas son alcanzadas por las bombas. En términos militares, lo más grave es el incendio del hospital general que, alcanzado por el fuego artillero, se consume en un pavoroso incendio y queda reducido a cenizas. Con él se pierde un valioso material que no puede reponerse, a pesar de los denodados esfuerzos de su intendente D. Carlos Baramendi y del cirujano mayor D. Juan Andrés Nieto por salvar lo que se puede.

Al amanecer los franceses concentran su potencia de fuego contra las torres de San Luis y San Narciso, comandadas respectivamente por el capitán del Ultonia, D. Santiago Noguer y Asprer y por D. Gabriel Lesenne, capitán de Borbón. La compañía del capitán O'Sullivan auxiliada por medio centenar de soldados regulares y un número indeterminado de paisanos, con tanto cuajo como reseñable puntería, resisten en aquel infierno todo lo que pueden. Y los artilleros españoles, sin arredrarse ante lo que les está lloviendo, mantienen a raya cualquier intento de asalto.

Los franceses necesitan cinco días para acallar los cañones españoles y descortinar la muralla antes de atreverse a lanzar a su infantería con la bayoneta calada. Verdier, que pensaba enseñorearse de los dos baluartes al atardecer del día catorce, anda de bastante mal humor. Entre otras cosas porque se malicia que va a ser relevado del mando en detrimento del general Saint-Cyr, quien es partidario de una táctica más dúctil para rendir la ciudad.

El humor del general francés, con todo, no es comparable a la intensa mala leche que rebosa el sargento McHarrell. El suboficial del Regimiento de Ultonia lleva cinco días sacudiéndose el polvo producido por los impactos de los obuses contra los sillares de una muralla que, como tal, ha dejado de existir. El baluarte de San Luis ha quedado reducido a una montaña de cascotes, tras los que se parapetan unos defensores dispuestos a vender muy cara la posición. Los *fransuás* han de llegar hasta allí personalmente y convencer de la peor manera posible, no hay de otra, a que irlandeses y españoles abandonen las ruinas. No va a ser tarea sencilla.

La primera carga de la infantería francesa no llega a recorrer la mitad del trayecto que va de sus posiciones a la primera línea de defensa española. El fuego, cerrado y certero, de sus defensores diezma el ataque de los imperiales que se ven obligados a retroceder. Hay que poner más franceses en el empeño. Y más riñones.

Al finalizar el día, los franceses consiguen por fin abrir una brecha en las líneas defensivas de los sitiados entablando un combate cuerpo a cuerpo. El capitán O'Sullivan descerraja pistoletazos a bocajarro con la misma displicencia con que recogería margaritas en un prado; y el sargento McHarrell, que ha tirado de bayoneta, agujerea con fruición cuanta casaca azul asoma por su sector de la muralla derruida. A su lado, sin perderle la cara a una situación que empieza a ser desesperada, una docena de gerundenses con variopinto armamento, pincha, golpea y estrangula llegado el caso, a todo *enfant de la patrie* que cae en sus manos.

Pero el empuje francés es irresistible y los defensores, con cuantiosas bajas, ceden la posición, junto con sus muertos, a las tropas del emperador. Cuando el sol se pone, las torres de San Luis y San Narciso están en manos de los sitiadores. Sin embargo, para sorpresa y desesperación de Verdier, la de San Daniel continúa en manos hispanas.

—*Combien de temps dure le jour où l'on se bat contre les espagnols*[2] —murmura el general galo.

Sean McHarrell, milagrosamente a salvo tras los muros del castillo de Montjuich y para quien el día sí se ha hecho largo de verdad, se palpa los huesos en busca de alguna herida sentado en el suelo. Le duele todo el cuerpo, pero parece

---

[2] Qué largo se hace el día cuando uno lucha contra los españoles.

que sigue entero. Y en esa tarea anda cuando el capitán O'Sullivan se le presenta. Lleva el oficial una desmesurada venda en la cabeza y un ojo entrecerrado. También cojea levemente. McHarrell no puede evitar mirarlo con cierto fastidio.

—Sargento McHarrell —entona marcialmente el capitán con voz afónica—. Quiero reconocer ante todos, su valor y el de su compañía en la defensa de la posición asignada durante estos días. Me siento honrado de ser vuestro capitán.

El sargento irlandés, ciertamente sorprendido por aquel reconocimiento, también admite el coraje con que su capitán se ha batido, exponiéndose y sin arrugarse, siempre al lado de sus hombres. El figurín los tiene bien puestos y bien merece asimismo un homenaje. Así que el rebelde sargento del Regimiento de Ultonia se incorpora lentamente, y cuando consigue mantenerse de pie se cuadra marcialmente, impecablemente y como nunca antes, frente a su capitán.

—A la orden de usted, mi capitán.

Y luego, dirigiéndose a las docenas de soldados y paisanos que allí yacen desparramados, pregunta a voz en grito:

—¡¿Alguien tiene un botijo?!

Un combatiente exhausto le alarga uno. El sargento bebe y después levanta hacia el cielo el recipiente de cerámica oscura.

—¡¡Gerona no se rinde!! —brama.

Y una algarabía de rabia y determinación inunda el ambiente mientras el sargento del Regimiento de Ultonia se acuerda, con el corazón encogido, de la joven Josefina Virués.

MEMORIAL HISTÓRICO DE LOS SUCESOS MÁS NOTABLESDE ARMAS Y ESTADO DE LA SALUD PÚBLICA DURANTE EL ÚLTIMO SITIO DE LA PLAZA DE GERONA

D. Juan Andrés Nieto Samaniego
Doctor en Medicina y Cirugía, Cirujano-Médico consultor de

los Reales Ejércitos y Jefe de su facultad en la citada Plaza durante el referido sitio.

JUNIO

«Perfeccionados varios trabajos del enemigo, y muchas baterías prontas a romper el fuego, en la tarde del 12 se presentó el primer parlamentario, pidiendo la rendición de la plaza; pero el Héroe que la defendía, mandole que se retirase desde luego, y que dijera a su general; que podía en lo sucesivo evitar el trabajo de enviarle parlamentarios; porque habiendo resuelto no comunicar con él, no los recibiría sino con metralla. Lo que se verificó exactamente, en las muchas ocasiones que solicitó parlamentar el enemigo, de suerte, que ya fuera por la renitencia de los enviados en no querer retirarse después de intimados, o ya porque, mientras se presentaba por un punto el trompeta enemigo, hacían fuego por otro punto de la línea, lo cierto es, que se hizo fuego contra los parlamentarios aun en los últimos apuros de la plaza.

Este hecho que algunos tuvieron por impolítico y contrario a las leyes de la guerra, y otros miraron como un índice de la heroica resolución que formó el Gobernador de vencer, o sepultarse en las ruinas de la plaza que defendía, fue siempre aplaudido por el pueblo de Gerona, y exaltó los ánimos en todas la ocasiones para continuar la lucha comenzada; el Comandante General conocía su pueblo, supo entusiasmarle y sacar partido de él: estas son ventajas reservadas al que manda con fidelidad, y justicia.

Ocúrreme ahora la observación que entonces hice sobre las conversaciones que originaba este hecho de los parlamentarios, y es; que los hombres de guerra dotados de la excelsa cualidad del valor militar, o hablaban bien, o suspendían su juicio acerca de este punto, y viceversa; y siendo naturalmente menor el número de aquellos con respecto a los demás, hubo algún riesgo en los postrimeros apuros de la plaza, de que tuviera malas resultas el no oír al enemigo.

En una de las ocasiones en que se desairó a un parlamentario, tuvo medios el sitiador de remitir una carta al Comandante General, y se me aseguró que entre otras cosas decía: es probable Señor General que algún día os arrepintáis de haberos privado del único medio de comunicación que admite la guerra.

Terrible amenaza que conviene tener presente en la historia, por lo respectivo a S. E. el general Álvarez.

La noche del 13 al 14, noche de triste memoria, entre la una, y las dos de ella, comenzó el enemigo a bombear la ciudad con 11 morteros, que sin interrupción, arruinaban e incendiaban los edificios, y despedazaban personas, y brutos. Oyóse en el momento el horrísono toque de generala por primera vez en este famoso sitio en que fue necesario tantas veces; corrieron los ancianos y niños, sorprendidos en el sosiego de la noche, con el horror de tanto estrago, a buscar algún paraje meditado ya de antemano, donde eludir la idea de tanto peligro, mientras que los brazos robustos de los ciudadanos asociados en la cruzada gerundense, y las doncellas y matronas de la compañía de Santa Bárbara, volaron como la invencible guarnición, a ocupar sus respectivos destinos: y los facultativos de mi cargo acudieron al socorro de los desgraciados; a ejercer el oficio de ángeles consoladores de los hospitales, según el orden de su distribución.

Esa noche comenzó la hospitalidad en la iglesia de Galligans, como hospital de sangre, o más bien mansión del horror donde se vieron originales, los cuadros de las terribles heridas de armas de fuego, que tan dignamente ocupan un insigne lugar en la historia de las enfermedades, y doctrina de la noble facultad de cirugía.»

Josefina Virués, en compañía de otras jóvenes y señoras de toda condición, han pasado la primera noche de bombardeo auxiliando a los médicos en el trasiego de heridos que empiezan a llegar de toda la ciudad. Al amanecer, a pesar del cansancio y de la punzada del hambre que ya empieza a visitarla con frecuencia, ha corrido hasta las inmediaciones del castillo de Montjuih. Y aunque no le han permitido la entrada al perímetro militarizado ha conseguido saber, preguntando a unos y a otros, el paradero del sargento McHarrell. La joven y aguerrida gerundense va a pasar cinco días con el corazón compungido. La guerra le parece ahora aún más terrible.

A pesar de que le han dicho que su irlandés está defendiendo una de las torres externas de la fortaleza, en la noche del 14 corre tras la tropa que ha salido del castillo en dirección al arrabal del Pedret, donde los franceses acaban de desalojar a los cuarenta españoles que defendían aquella posición, ocupando los molinos nuevos y el hospital de San Lázaro. Además, han cortado el camino de Puente Mayor con una enorme travesera y han levantado un respaldón.

En las cercanías de la Puerta de Francia confluye la tropa que ha dispuesto Álvarez de Castro para reconquistar el lugar. El general hispano teme que los ingenieros y zapadores imperiales sitúen allí una batería de brecha. Si eso llegara a ocurrir, el camino hasta el corazón de Gerona quedaría expedito para el invasor.

Virués contempla la amalgama de soldados y vecinos gerundenses dispuesta a lanzarse a la yugular de un enemigo bien armado y pertrechado. Entre aquella tropa pintoresca abundan los curas y los frailes, que van a encargarse, por decisión militar, del fuego de cobertura en los puntos que se les asignen. Las mujeres del Regimiento de Santa Bárbara también han hecho acto de presencia. Y nuestra joven gerundense se acerca hasta unas conocidas para sumarse a las tareas que les encomienden. La valentía y el patriotismo no es solo cosa de hombres en aquella ciudad asediada. Aunque ella reconoce que esta noche, lo que de verdad hace que se integre entre ellas es su necesidad de consuelo. Caras conocidas con las que sacrificarse codo con codo. Ya aparecerá su irlandés.

El asalto al arrabal de El Pedret va a corresponder a la fuerza combinada de los soldados provenientes de Montjuic y de la plaza. Detrás de ellos, una partida de paisanos aguerridos, reforzará la embestida. Con estos últimos se encuentra Balaguer, escopeta en ristre y su morral en bandolera, bien provisto de pólvora y cartuchos.

A su lado, de forma inopinada, se le sitúa un fraile de aspecto hosco que porta un buen mosquete y dos pequeños zurrones cruzados sobre el hábito. Ambos hombres se miran sin decirse nada.

Pero un sargento que pasa por allí y anda poniendo orden sí tiene algo que decir al respecto.

—Eh, oiga, Hermano. Usted debe colocarse con los de su orden. Allí —señala el suboficial destempladamente—, más atrás.

—Esta noche, no —sentencia el Hermano Eustaquio con voz gutural

El sargento, que bastante tiene con conservar la cordura entre aquel desbarajuste que le ha tocado en suerte, se encoge de hombros y se dirige a vociferar a otro grupo de frailes que están colocados donde no deben. Es lo malo de que te ordenen pastorear aquella clase de ovejas; que no puedes hacer de perro. Y el suboficial no va a agotarse explicando órdenes sin la siempre efectiva pedagogía del guantazo.

El hermano Eustaquio, por otra parte, también hace caso omiso de los gritos del joven Narciso Monté quien, obediente e ingenuo, se desgañita desde su grupo para que vaya con él. Balaguer vuelve a mirar al improbable dominico sabiendo que algo allí no está en su sitio. Pero, como no es asunto suyo, se limita a suspirar y a prestar atención a las inminentes órdenes de avance.

—Tiene usted aspecto de buen tirador —le reconoce el fraile a Balaguer.

—Bastante mejor que usted aspecto de fraile —responde el paisano con calma.

El fraile se limita a gruñir con un esbozo de sonrisa cómplice y a mirar hacia adelante. *Hombre de pocas palabras*, piensa el Hermano Eustaquio; *buen compañero para combatir*.

La tropa regular es la primera en salir por la puerta de Francia con la bayoneta calada. Apenas ha avanzado unos metros cuando comienza a caer sobre su flanco izquierdo los obuses que lanzan las baterías francesas desde casa Roca. De frente, la primera granizada de plomo que disparan los franceses desde el arrabal se cobra las primeras bajas.

Balaguer salta como una libre por detrás de las últimas unidades de soldados que han alcanzado las fachadas de las primeras casas del arrabal. El Hermano Eustaquio se aferra a su intuición y lo sigue en compañía de otros tres paisanos. El guerrillero se encarama a una tapia y, desde allí, alcanza el tejado de una casucha que le permitirá, según cree, adentrarse en diagonal en aquel barrio a través de las alturas de las viviendas; y desde allí tener a tiro las espaldas de las líneas de defensa francesas. Balaguer termina estando en lo cierto y el comando improvisado divisa una de las barricadas de la retaguardia donde se apostan una veintena de franceses al mando de un capitán. Balaguer cruza verticalmente su dedo índice sobre sus labios pidiendo silencio. Agachados y conteniendo la respiración los cinco hombres ceban y cargan sus armas. El primero en terminar es el fraile, que espera paciente con el cañón de su mosquete pegado a la frente. Los demás, paralizados, lo miran durante un momento entre la admiración y la sorpresa. Cuando todos están listos, susurra Balaguer:

—Dejadme al de las charreteras.

Todos asienten. El Hermano Eustaquio, que de tácticas de emboscada sabe alguna cosa, llama la atención de Balaguer que, por lo que comprende, ejerce de jefe de la partida.

—Somos cinco. Tres nos deberíamos pasar al tejado de la casa de al lado. —Y, como todos lo miran sin entender, aclara—: Cuando esos de ahí abajo, que para nuestra desgracia no tendrán mala puntería, nos tiroteen, que no nos pillen a todos bien juntitos. Si nos diseminamos un poco, tardarán algo más en localizarnos y tendrán que dispersar su fuego. Y, háganme caso en nombre de Dios, disparen al centro del pecho. Hay más posibilidades de acertar que apuntando a la cabeza.

Y dicho lo cual, el antiguo criminal reconvertido a dominico, se escabulle hacia el tejado próximo y se parapeta tras la chimenea. Balaguer señala a dos de los paisanos que, con la agilidad de gatos, se llegan hasta el fraile sin hacer ruido.

—Pónganse ustedes a distancia de un metro de cada uno.

Los paisanos asienten y se acomodan en el tejado, dispuestos a mandar al infierno a cuantos hijos del cabrón del corso puedan.

Balaguer dispara y el capitán francés cae de bruces. Seguidamente, otros cuatro disparos acaban con otros tantos soldados imperiales. Cuando la unidad francesa se percata de que están siendo atacados por el flanco izquierdo de su retaguardia es demasiado tarde para reaccionar. Porque los soldados españoles ya se vislumbran al fondo de la calle cargando a la bayoneta, con lo que la posición es insostenible. Nuevos disparos desde los tejados terminan por diezmar a los franceses, que se retiran a la carrera.

En el centro del arrabal, donde hay un pequeño ensanche que hace las veces de plaza, los franceses han establecido un eficaz punto defensivo donde se han hecho fuertes. Y los soldados españoles ven frenado su avance. A cubierto unos y otros se produce un intenso tiroteo desde las respectivas posiciones, lo que no conviene a los intereses de los sitiados que carecen de la enorme potencia de fuego de su enemigo.

Pero el entramado de callejuelas de aquel barrio termina siendo una ratonera para las tropas francesas, incapaces de tapar todos sus agujeros. Los guerrilleros españoles, conducidos por algunos paisanos del arrabal, saltan tapias y recorren tejados desde donde tirotean a los invasores. El goteo de bajas francesas empieza a ser incesante y, poco antes del amanecer, los asaltantes inician el repliegue hacia sus líneas.

La partida de Balaguer regresa lentamente hacia la puerta de Francia por las tortuosas calles del arrabal de Pedret, caras y manos ennegrecidas por la pólvora.

—No me ha dicho su nombre, Hermano —se interesa el guerrillero.

—Hermano Eustaquio.

Balaguer entrecierra los ojos y asiente lentamente. Tiene la certeza de que ese no es su nombre. Pero tampoco le importa demasiado.

—Espero volver a verle, Hermano Eustaquio.

—*Hum* —gruñe el dominico. Y se marcha hacia el convento de Santo Domingo donde el prior lo aguarda, sin duda para reprenderlo por su conducta desobediente. El díscolo fraile ya se ve fregando suelos durante lo que reste de sitio. Que se haga la voluntad de Dios.

A Quim Balaguer, sin embargo, le espera una escena más dolorosa. En la puerta de la casa de los Clarós hay congregados un grupo de vecinos que consuelan a Isabel. No necesita el agotado patriota que nadie le diga que la madre de su amada ha muerto. Él lo ve en los ojos de la muchacha, que reflejan el dolor de la pérdida. También en ellos ve Balaguer el tenue brillo de una esperanza íntimamente satisfecha: su regreso.

Todo eso ve el defensor mientras suavemente estruja las manos de la chica sin decir nada.

MEMORIAL HISTÓRICO DE LOS SUCESOS MÁS
NOTABLES DE ARMAS Y ESTADO DE LA SALUD
PÚBLICA DURANTE EL ÚLTIMO SITIO
DE LA PLAZA DE GERONA

D. Juan Andrés Nieto Samaniego
Doctor en Medicina y Cirugía, Cirujano-Médico consultor de

los Reales Ejércitos y Jefe de su facultad en la citada Plaza durante el referido sitio.

JUNIO (continuación)

«La mañana del día 17 del presente mes se hizo memorable, por el raro valor y bizarría con que una parte de nuestra guarnición, salió contra el enemigo de la calle de Pedret, y falda inmediata del monte de Montjuich; sin embargo de tener contra sí el fuego de fusilería de un cuádruple número de enemigos de frente, y el de bala rasa, bomba y granada, de las baterías de casa Roca, por el flanco izquierdo. El objeto de esta salida fue destruir un grueso respaldón que había levantado el enemigo para guardar los molinos del Pedret que desde el inicio tomó íntegros, y que se creyó ser la base de una batería contra la puerta de Francia.

Logróse el fin de esta arriesgada empresa, aunque nos costase el sentimiento de perder algunos muertos y prisioneros de nuestros bravos, que intrépidamente se lanzaron contra los enemigos, y los heridos que expresa la siguiente demostración: aunque no deja de paliar el dolor de tan sensible pérdida, la grande que ocasionaron al enemigo, imponiéndole también, y haciéndole conocer á pesar suyo el valor y fiereza de los bravos con quienes tenía que combatir.

Lástima es, que el equivocado juicio que se hizo de aquella obra enemiga, determinase una acción que aunque en sí fue gloriosa para nuestras armas por la intrepidez de nuestros guerreros, no podía impedir los fines, mudar los planes del enemigo; ni aun retardar sus operaciones con notable ventaja.

Relación de los heridos que resultaron de la citada salida:
-De bala de fusil: 88
-De bomba o granada: 7

-De rechazo de piedra: 6
-Quemados de pólvora: 5
-Despeñados: 4

Algunas bombas redujeron a cenizas el hospital militar, donde perdimos muchos efectos, tanto más apreciables cuanto iba aumentándose la necesidad de ellos y la dificultad de reponerlos. (…)

Tuvimos que abandonar el hospital de Santo Domingo y el de San Martín, y se estableció uno en el hospicio, y otro que estaba dispuesto en San Daniel: multiplicándose de esta suerte los trabajos en medio de los más inminentes peligros.

SALUD

La fatiga y los sustos produjeron algunos males aunque no de consideración: una diarrea comenzó á manifestarse á fines de este mes, precedida de inapetencia con algún dolorcillo cólico, y aunque todos sus síntomas fueron benignos en general, no dejó de incomodar por haberse hecho común á todos: originose del susto y temor, de habitar muchos individuos en atmósferas subterráneas mal ventiladas y húmedas, dormir sobre el desnudo suelo, en cuya necesidad se vio todo el que hacía el duro servicio Militar.

Las enfermedades que estaban á cargo de los profesores de Medicina, no dejaron de aumentarse, ya por este profluvio aunque benigno, y ya por una ó otra calentura intermitente.

Los hospitales de cirugía estaban a fin de este mes en cuanto á enfermos, según se manifiesta a continuación; advirtiendo que las relaciones mensuales, solo tienen la exactitud que las mayores tribulaciones permiten á la diligencia y buen deseo, porque en el pavor causado por los incendios, explosiones y estragos de las bombas, algunos enfermos se iban á padecer, ó a morir en parajes de su elección, sin conocimientos de facultativos ni empleados, y de consiguiente no podían los Ayudantes de Cirugía dar exactamente el parte diario que yo elevaba también cada día al General.

Entrados: 389
Salidos: 168
Muertos: 25
Existentes: 274
Clases de enfermedades que padecen:
Heridos, contusos y fracturados: 250
Quemados: 6
Galicados: 2
Males varios: 16»

Envuelto en su capa y cubierto con su chistera, Arturo Mas observa desde lejos el sepelio. Prefiere no acercarse. Reconoce que el maldito pescador reconvertido a soldadito heroico lo intimida. Ya procurará dar el pésame a Isabel y a su padre cuando él no esté. Es mejor, por otra parte, no revelar su presencia en el único lugar al que puede acudir a pasear diariamente sin sentir el peligro. Las calles y las plazas de aquella ciudad levítica son, al día de hoy y mientras dure el cerco francés, un hervidero de patanes, de curas y frailes montaraces, de chusma.... Cualquier exaltado podría señalarlo y ponerle en un aprieto. Y aquello daría también al traste con sus planes de expiación. Y si hay algo que desea fervientemente, incluso por encima de la liberación francesa de la ciudad, es la cumplida venganza que ha de tomarse de Isabel.

Isabelita, esa mosquita muerta echada en brazos de ese palurdo. ¡Bajo el mismo techo paterno! Sin rubor ya. ¿Hasta dónde habrá sido capaz de llegar en su indecencia? Solo de pensarlo, me enfermo.

Pero cuando tu guerrillero no esté volveremos a vernos. Y serás mía, Isabel, serás mía antes de que te arroje de un puntapié al arroyo del que ya no regresarás jamás. Porque la virtud no se recupera una vez que se pierde. Y tú ya eres una perdida. Y como tal te trataré. Yo inauguraré tu vida de sufrimiento y perdición. Y luego, y solo en caso de que me apiade de ti, te mataré.

Un cañonazo proveniente de las posiciones francesas frente a Montjuich lo estremece y lo hace trastabillar. Vuelto en sí, va recuperando la calma. Los músculos de su cara se destensan y el dolor de la ira parece apaciguarse por momentos en su estómago. Se gira y contempla desde su lejanía el humo que se eleva desde la torre de San Daniel. La nueva ofensiva francesa lo reconforta. Después de la torre vendrá el castillo y, a continuación, la ciudad entera. En dos semanas todo se habrá acabado. Aunque para él todo empezará de nuevo. Una nueva y esplendorosa vida de servicio y reconocimiento bajo la libertad responsable que establecerá el rey José.

Silbando quedamente, se aleja del cementerio apoyado en el bastón camino de su casa.

Para exasperación de Verdier, la torre de San Daniel sigue resistiendo las embestidas francesas. Pero tras cinco días de bombardeo casi continuo, el reducto es casi otro montón de escombros similar a los de las antiguas torres de San Luis y San Narciso.

Guillermo Nash, gobernador del castillo nombrado por Álvarez de Castro, ha presentado una dura resistencia para mantener el enclave. Sabe que, una vez tomada esa última torre externa, la artillería de los imperiales apuntará sus cañones hacia la muralla del castillo que defiende con una guarnición de apenas novecientos hombres. En realidad, después de los últimos combates, sus efectivos apenas llegan a los ochocientos, entre soldados y guerrilleros. Y aunque ha ido enviando refuerzos para sostener la posición, como hombre experimentado y buen militar que es, sabe que no es inteligente agotar sus magros recursos de hombres y municiones en aquel emplazamiento. Porque seguidamente va a necesitar todo lo que tenga y más en la defensa del castillo.

Antes del último castigo artillero, Nash ordena el repliegue hacia la fortaleza de sus últimos defensores. La última carga de las bayonetas galas se produce ya contra un puñado de ruinas humeantes y desiertas.

No obstante, el arrojado gobernador del castillo de Montjuich, hombre a la sazón muy detallista, ha organizado una alegre recepción de bienvenida —elemental cortesía española— a los infantes franceses que comienzan a enseñorearse de los cascotes de la torre de San Daniel. Parapetados detrás de unos riscos cercanos, los mejores tiradores de la compañía del elegante capitán O'Sullivan y del indisciplinado sargento McHarrell disparan a placer, y con mortal puntería, a las unidades de vanguardia. Y lo que eran vítores de triunfo francés se transforman de inmediato en alaridos de alarma, de dolor, y en muchos gritos de *sacrebleu, chiens galeux y enculés*[3]. Y tras media hora de intenso tiroteo, los españoles se retiran hacia el castillo protegidos por el fuego de cobertura que desde allí sostienen sus defensores, dejando entre las ruinas de San Daniel casi medio centenar de muertos y heridos.

En su tienda de campaña Verdier recibe el parte de guerra. Los reductos ya están en su poder y se concede una alegría comedida, porque la pequeña victoria no permite más. Ha tardado cuatro veces más del tiempo previsto en hacerse con aquellos baluartes; y, para ello, ha tenido que pagar un precio que se le antoja demasiado alto, tanto en hombres como en material. Además, y para colmo, un correo acaba de informarle que una partida de somatenes ha deshecho un convoy de aprovisionamiento destinado a sus tropas, apropiándose los guerrilleros de ciento veinte caballos de artillería que venían hacia Gerona. Y Saint-Cyr, entretanto, persiguiendo la gloria en Sant Feliu de Guixols, piensa el general francés con

---

[3] Malditos, jodidos perros y cabrones.

rencor. Sin poder contener la frustración, se sincera con uno de sus ayudantes mientras se deja caer en la silla.

—*Desmoulins, cette guerre est un bourbier infâme avec lequel nous ne nous en sortirons pas. Merde ces espagnols.*

Tal y como se temían Álvarez y Nash, los invasores no han tardado en poner las oscuras bocas de sus cañones mirando a la fortaleza de Montjuich. La batería más imponente es la que los franceses han levantado en la torre de San Luis, compuesta por veinte piezas de calibre veinticuatro y dos obuses. Pero tanto desde las ruinas de San Daniel y San Narciso como desde la zona de Casa Roca la artillería imperial también apunta a los muros del castillo. Tres de sus cuatro flancos van a ser batidos por todos los medios conocidos en el arte de sitiar: balas rasas, bombas, metrallas, granadas, morteradas de piedras y cascos de bombas. Y, como música de fondo, fuego de fusilería. Todo ello combinado con el estrechamiento y aproximación de las líneas francesas sobre la posición española. El castigo que los sitiadores van a infligir a los bravos defensores de aquel reducto va a ser terrible.

Nash y su segundo al mando, el coronel D. Blas de Fournás, examinan el progreso de los trabajos de los zapadores franceses sabiendo lo que les espera. Las órdenes que han recibido del gobernador de la plaza al respecto son tan claras como contundentes: resistencia a ultranza, hasta el último hombre.

Detrás de los dos hombres, con rostros de indisimulada aprensión, un pequeño grupo de coroneles y capitanes esperan órdenes. Nash, hombre experimentado, sabe que no hay nada mejor para el mantenimiento de la moral guerrera que una buena baladronada a tiempo. Así que, sonriendo, se gira y le dice a sus jefes y oficiales:

---

[4]Desmoulins, esta guerra es un lodazal infame del que no vamos a salir. Malditos españoles.

—Señores, ¿me lo parece a mí o esos franceses de ahí fuera pretenden tomar este castillo? —Unas comedidas risotadas relajan la tensión del ambiente—. Bien, ¡pues démosles el recibimiento que merecen!

Y mientras el contingente de soldados y paisanos de Montjuich se prepara para el inminente asalto, el sargento McHarrell, con la aquiescencia del otrora puntilloso capitán O'Sullivan, ha hecho una escapada no del todo reglamentaria hasta las orillas del Galligans, desde donde el regimiento de mujeres Santa Bárbara trabaja en un puesto de ayuda y aprovisionamiento para los defensores del castillo. No le cuesta dar con Josefina Virués, a quien se le iluminan los ojos cuando ve llegar a su demacrado —aunque convenientemente aseado para esa feliz coyuntura— irlandés.

—¡Oh, *Son*! —exclama la joven amazona—. Creí que no iba a volver a verte… —Las lágrimas pugnan por desbordase del pozo de sus pupilas.

El suboficial del Regimiento de Ultonia hace una comedida reverencia ante *su* Josefina, conteniendo las ganas de estrecharla entre sus brazos. Ambos se miran unos segundos sin decir nada, conscientes de que su encuentro está siendo contemplado con indisimulado arrobo por media docena de damas. Y McHarrell, asumiendo su papel de galán de folletín romántico que tan en boga parece haberse puesto en los últimos tiempos, toma la mano de su amada educadamente y, volviendo a inclinar levemente su cabeza, se la acerca a sus labios sin que estos la toquen. Un rumor de admiración incontenible surge de los pechos de las damas: «Ohhhh…».

—Señorita Virués —comienza diciendo el sargento McHarrell—, permítame que le diga que hoy está usted particularmente radiante. —En el coro de damas se acentúan los suspiros y las exclamaciones. Y Josefina Virués, que se sabe hecha unos zorros, mira alternativamente a su irlandés y las señoras del Regimiento Santa Bárbara con el rubor de una amapola tierna sin saber si reír, llorar, o mentarle la madre a aquel maldito soldado que le ha robado el corazón y la está poniendo en aquel brete. Pero el teatro impostado del suboficial tiene un objetivo estratégico: ganarse el favor de aquellas damas para que consientan, sin demasiadas maledicencias, que Josefina vaya con él a un lugar más apartado por un tiempo prudencial. Y dirigiéndose hacia el grupo de mujeres—: Sin desmerecer, por supuesto, las prendas de estas nobles damas que nos acompañan y de las que solicito respetuoso permiso para hablar con usted en privado. —Nueva inclinación de cabeza hacia las señoras, que reciben complacidas el cumplido y asienten con varios «claro» y «por supuesto», en un alborotado canto coral, a la petición del soldado.

Josefina Virués toma el brazo que le ofrece su desvergonzado sargento y caminan en silencio hasta la ribera del río, sus sangres golpeándoles las sienes. La muchacha se recuesta sobre el tronco de un viejo roble y Sean McHarrel, situado por debajo de ella en un desnivel del terreno, apoya su antebrazo en su pierna izquierda ligeramente flexionada y la mira tiernamente antes de hablar. Están a la vista de todo el mundo, pero nadie los oye.

—Josefina, los franceses van a asaltar el castillo de un momento a otro.

—Sí, es una creencia general. Nosotras también hemos venido aquí para ayudar. No os dejaremos solos.

El sargento del Ultonia no está seguro de que la joven haya entendido del todo lo que implican sus palabras. Y tras atusarse el bigote la toma de la mano y trata de encontrar las palabras precisas. Josefina Virués mira con cierta alarma instintiva a su alrededor, pero no deshace el contacto. McHarrell, introduce su mano libre en uno de los bolsillos de la guerrera y extrae lo que parece un pequeño aro toscamente pulido. Y con suavidad, lo deposita en la palma de la mano de la muchacha.

—Me temo que el único valor de este anillo es el de mi sincero compromiso con usted, si así lo acepta. Es mi promesa de volver a su lado, si salimos con bien de este envite.

Josefina Virués tiembla y dos gruesos lagrimones ruedan por sus mejillas.

—Oh… *Son*… No sé qué decir…

—Puede decir que me esperará…

—Sí… sí… claro que te esperaré…

El sargento asiente con un discreto movimiento de cabeza y una sonrisa. Ahora debe instruir a la muchacha en la parte más difícil y delicada. Vuelve a atusarse los bigotes antes de hablar.

—Su estima me hace muy feliz, Josefina. Pero ahora, préstame atención —el tratamiento de usted desaparece porque necesita obtener de su brava damisela toda la proximidad posible—: Si yo… tardara en volver… quiero, Josefina, que te acerques a los oficiales y permanezcas con ellos. No te apartes de ellos en ningún momento. Tu vida y tu honra dependerá de eso, no lo olvides. Y pase lo que pase, vive. ¿Me entiendes, Josefina? Vive.

La respuesta de la joven amazona es contundente.

—Usted acaba de comprometerse conmigo. Como caballero que es tendrá que cumplir su palabra y regresar a mi lado. No tiene otra alternativa —deja claro Josefina Virués mientras mira aquel improbable anillo en la palma de su mano.

El sargento sonríe.

—Por supuesto —concede—. Y nada me hará más feliz.

Se produce un silencio entre ambos. La muchacha lo rompe.

—Debo reincorporarme a mis tareas, *Son*…

—Y yo a mis obligaciones militares. El capitán O'Sullivan debe estar ya echándome de menos.

Incorporados para marcharse, con sus rostros a apenas un palmo de distancia, ambos se pierden en los ojos del otro. Y entonces, el irlandés, por fin, se atreve. Y besa a Josefina en los labios atrayéndola hacia sí por los brazos. La joven no lo rechaza. Es un beso tan breve como ardiente.

—Te amo, Josefina. Y volveré.

Y el sargento McHarrel se gira sobre sus talones y se marcha azorado en busca de su caballo para regresar al castillo. Atrás, con lágrimas en los ojos, Josefina Virués ruega a Dios para que su irlandés vuelva. Como sea, pero que vuelva.

Y el irlandés, hombre de carácter, a partir de estos instantes va a hacer de la guerra con el francés algo personal.

En el convento de Santo Domingo, el Hermano Eustaquio, aunque ordenado bajo la filosofía y reglas del de Caleruega, tiene que echar mano de las sabias enseñanzas acerca de la paciencia de la orden franciscana para sobrellevar, sin alterarse en exceso, el bombardeo de preguntas con las que los venerables monjes de su mismo hábito llevan asediándolo desde hace días. Entre ellos, el novicio Narciso Monté, más entusiasta que nunca.

—Dicen que te subiste a los tejados del Pedret y que desde allí mataste tu solo a más cien franceses —le comenta el joven al Hermano Eustaquio inclinándose hacia él.

—Nadie puede subir a un tejado cargado con tanto cartucho y tanta pólvora, muchacho —responde este sin dejar de frotar el suelo con el cepillo.

Pero el futuro dominico no va a dejar que la lógica de la que se nutre la realidad le reduzca su romántica mitificación de los hechos.

—Entonces es verdad que combatiste contra los imperiales desde los tejados de las casas...

—*Hum.*

—En la próxima expedición quiero ir contigo y disparar desde los tejados contra el invasor.

—¿Quieres fregar el suelo del convento de rodillas, muchacho? —le espeta el antiguo bandolero girando la cabeza hacia arriba a un enmudecido aprendiz de fraile—. Ya habrá ocasión de combatir codo a codo.

A Monté se le iluminan los ojos.

—¿Vamos a combatir juntos?

—Sí, muchacho, me temo que sí. Y créeme, eso no es ninguna buena noticia.

El novicio parece reflexionar al respecto.

—La guerra no es buena. Pero si nos invaden tenemos la obligación de defender a nuestro Dios, a nuestra patria y a nuestro rey.

El joven tiene bien aprendida la lección.

—Para eso, muchacho, primero tienes que aprender a conservar tu propio pellejo. Y pisando las baldosas que acabo de fregar no es el mejor modo de conservarlo, créeme.

El novicio da dos pequeños saltitos hacia atrás y el furibundo fraile avanza de rodillas hacia él frotando el suelo de izquierda a derecha con el trapo chorreante. Narciso Monté retrocede otros dos pasos de nuevo sin mostrar la menor voluntad de irse.

—¿Crees que el prior nos dará permiso para que me enseñes a disparar?

—No.

—Aunque sea sin pólvora…

El fraile se detiene en su tarea y vuelve a mirar al novicio con ferocidad.

—Escucha, pequeña chicharra insufrible, o te marchas ahora mismo o te estrangulo con mis propias manos —amenaza el hermano Eustaquio haciendo ademán de levantarse.

Y el ingenuo chico pone pies en polvorosa sujetándose el hábito con las dos manos para no tropezar con él mientras huye con aire divertido.

«Estamos muertos, pero nos negamos a admitirlo», murmura el fraile con la espalda apoyada en la pared y la vista perdida en la bóveda de piedra.

Al final del pasillo, parapetado entre las sombras, el viejo prior observa la escena en silencio.

Sentado frente a él, Balaguer observa el rostro devastado del anciano. Sus ojos son un mar turbio y apagado. Y Balaguer, que como buen pescador sabe leer las aguas, sabe que aquel hombre desmadejado sobre la silla de anea ya se ha rendido. El viejo, no obstante, le habla en voz queda pero firme.

—Fue siempre una buena mujer. También lo es su hija —dice mirando a la cara del patriota. Balaguer asiente en silencio, siempre incómodo en situaciones como aquellas—. Sé que usted es también de buena condición. Por eso quiero contarle algo con respecto a un hombre que merodeaba por aquí. —El anciano se detiene un momento para tomar aliento y moja sus labios ajados en la punta de la lengua antes de continuar—. Su nombre es Arturo Mas, un aparente caballero de buena posición que pretendía a Isabel. Ella lo rechazó y el miserable trató de propasarse. Cuando me lo eché a la cara no salió bien parado, aunque él aseguraba que no había tenido intención alguna de hacerle daño. Pero yo en sus ojos no vi nada bueno ni honrado. Y temo que, si tiene posibilidad, intente hacerle daño.

Quim Balaguer aprieta las mandíbulas y vuelve a asentir antes de incorporarse de la silla.

—Debería usted comer algo y descansar —aconseja el guerrillero señalando hacia la mesa donde hay algunas frutas que asoman del zurrón.

El viejo lanza una mirada desganada hacia el puñado de nísperos arrugados y niega con la cabeza. No tiene hambre. Su única urgencia es garantizar la seguridad de su hija. Él, lo sabe, no tardará en acompañar a su esposa. Este ya no es su tiempo.

—Protéjala. Sin usted no sobrevivirá —se limita a suplicar.

—Y ese hombre de quien me habla, ¿ha vuelto por aquí? —inquiere Balaguer, que ha detenido su deambular parsimonioso por la habitación.

—Le han visto merodear por los alrededores. Un vecino creyó reconocerlo y vino a prevenirme. No se atreverá a acercarse mientras haya alguien con ella.

—Le doy mi palabra de que la cuidaré mientras Dios me

bendiga con la vida. Durante esta guerra y después. Pero… ahora… necesito que usted me ayude todo lo que pueda. Coma algo.

Y Balaguer vuelve a señalar el zurrón. El anciano esboza un amago de sonrisa y se levanta pesadamente de la silla. Se acerca renqueante a la talega y toma dos nísperos, dos pequeños pedazos de fruta anaranjada que sopesa y vuelve a soltar en cuanto el pescador le da la espalda y sale por la puerta de la calle en busca de Isabel.

El pescador recuesta su espada sobre el quicio de la entrada a la espera de que Isabel termine de recibir los pésames de las vecinas rezagadas. Los últimos rayos de sol le arañan suavemente la piel curtida de un rostro que siente, de repente, añoranza de la brisa marina. Percibe un extraño sosiego en aquel triste atardecer, como el de un mar en falsamente en calma.

—Cuando esta guerra acabe, te llevaré a navegar por las Islas Medas —susurra Quim Balaguer cuando Isabel se acerca hasta su lado.

—Solo he visto una vez el mar —rememora Isabel, mientras cruza la toquilla sobre su pecho y mira hacia el horizonte como si contemplara una puesta de sol y no una sucesión de tejados semiderruidos—. En Rosas. Acompañé a mis padres a vender nuestros lechones al mercado. Recuerdo el aroma a salitre que lo invadía todo, su superficie negra y ondulante… Creía que el mar era azul…

—El mar tiene tantos colores como horas tiene el día, como días tiene la semana… Nunca es el mismo. Nunca se conoce del todo.

—¿Nunca te ha dado miedo? ¿No te asusta?

El pescador-guerrillero rebusca en su memoria algún atisbo de antiguo temor. Luego niega con la cabeza.

—Mi padre me enseñó el oficio de pescador. Y el oficio implica el respeto al mar desde los primeros momentos del aprendizaje. No existe un pescador que tema al mar. Quien teme al mar huye de él.

—Te gustaría regresar, ¿verdad?

—Contigo, Isabel. No me he quedado en esta ciudad oscura y triste solo para hacerle la guerra a los gabachos.

—Oh, Quim... A veces pienso que nunca saldremos de aquí. Que Gerona será nuestra tumba —murmura la mujer conteniendo apenas la desesperación que la embarga. Al instante siente la mano de Balaguer apoyarse suavemente sobre su hombro.

—Saldremos de esta ciudad aunque tenga que llevarme por delante a medio ejército francés yo solo.

La sonrisa franca del pescador parece tranquilizar a la muchacha, que le dedica una mirada afectuosa. Pero Balaguer, íntimamente, no cree en lo que dice. En realidad teme que el presentimiento de la muchacha se cumpla fatalmente. Es consciente de que ahora, su único mar, son los ojos grises y oscuros de Isabel. Y no sabe por cuánto tiempo podrá seguir navegándolos con su mirada. El patriota no solo lucha por la libertad de una nación desde una ciudad en ruinas; lucha, sobre todo, por un mar que a él solo le pertenece. Y está dispuesto a pelear hasta el final.

Antes de que rompa el día, el primer obús revienta contra la base de la muralla del baluarte Norte del castillo de Montjuich. Los defensores acuden a sus parapetos. Sin embargo, tienen orden de no disparar. Nash ha resuelto, en una decisión que tiene más de economía práctica que de estoicismo fatalista, no responder al fuego de un enemigo que sabe perfectamente parapetado y completamente a salvo de las bombas de sus cañones y de las balas de sus fusiles. El gobernador quiere a los franceses a tiro antes de gastar munición inútilmente. El riesgo, claro está, es que todos mueran sepultados por los cascotes y los sillares de la fortaleza, porque el cañoneo es incesante y despiadado.

Hacia mediodía, un ángulo de la cortina de la muralla orientada al norte se resquebraja en parte y se viene abajo.

La bandera que ondeaba en la torre cercana se precipita al foso junto con los cascotes. Pero antes de que nadie tenga tiempo a darle al hecho una connotación premonitoria, el subteniente D. Mariano Montoro, que anda por las inmediaciones animando a sus hombres y maldiciendo a los franceses a parte iguales, se lanza al foso sin encomendarse ni a Dios ni al diablo en busca de la enseña. El sargento McHarrell, testigo próximo de los hechos, no tarda en socorrer a su compañero de armas. Asomado al balcón de ruinas, el irlandés ofrece su mano al suboficial español para ayudarle a trepar por entre los cascotes humeantes, desafiando ambos los disparos enemigos que repiquetean amenazadoramente cerca. Restablecida la bandera, los defensores se afanan en taponar la brecha. Una brecha que no pasa desapercibida para el coronel Muff, quien recoge el catalejo de un golpe suave y relame sus bigotes visiblemente satisfecho, como un gato cuando encuentra la rendija para colarse en la alacena.

Y, avanzada la noche, el gato francés se abalanza sobre el castillo. Muff, que ha prescindido de intimar la rendición a los defensores, baraja la creencia —trágicamente falsa— que la resistencia, tras el castigo artillero, será escasa y la gloria abundante. Pero cuando las nutridas columnas de soldados imperiales se lanzan talud arriba hasta la brecha, un diluvio de plomo se abate sobre ellos. Ningún francés alcanza la primera línea de defensa española. El fuego de fusilería hace estragos entre los asaltantes. A lo más que llegan las columnas galas es a alcanzar el foso, que les está destinado por sepulcro. Y Muff, que ya no se relame, ordena la retirada antes de que las bajas, abundantísimas ya, conviertan aquel asalto nocturno en un auténtico desastre. *Sacrebleu* y de vuelta por donde han venido.

MEMORIAL HISTÓRICO DE LOS SUCESOS MÁS NOTABLESDE ARMAS Y ESTADO DE LA SALUD PÚBLICA DURANTE EL ÚLTIMO SITIO DE LA PLAZA DE GERONA

D. Juan Andrés Nieto Samaniego
Doctor en Medicina y Cirugía, Cirujano-Médico consultor de los Reales Ejércitos y Jefe de su facultad en la citada Plaza durante el referido sitio.

Julio

«Relación de los heridos que resultaron del primer asalto que dio el enemigo al castillo de Montjuich, en la noche del cuatro al cinco del corriente mes.
De bala de fusil: 16
De casco de bomba o granada: 3
Quemados: 5
Fracturados y contusos de rechazo de piedra: 4
Total: 28»

Tras la infructuosa expedición nocturna de la noche, los franceses retoman el castigo artillero contra Montjuich cuando aún no ha amanecido. Durante los dos días siguientes, con sus correspondientes noches, las bombas y los obuses franceses martirizan a la guarnición española, a la que solo le falta cobijarse entre los intersticios de los sillares del castillo para protegerse de la mortal metralla.

Al atardecer del día siete, el constante bombardeo ha conseguido abrir una brecha en la muralla por la que podrían pasar más de cincuenta hombres de frente. Muff, a quien le escuece todavía la afrenta sufrida tres días antes, deseoso de restablecer su reputación y con el beneplácito de Sant-Cyr, que ya manda en las operaciones del sitio, se lanza de madrugada sobre el castillo al frente de seis mil hombres. Los defensores, entre los que abunda el agotamiento y menudea la enfermedad, esperan firmes la embestida gala. El coronel D. Blas de Furnás, segundo gobernador del castillo, se pone al frente de sus hombres, espada en mano. Ronco y febril, arenga a sus soldados en la voz de D. Miguel Pierson, veterano militar que no se arredra ante nada. Son los últimos de una raza.

Y la primera acometida gala es frenada en seco. El fuego de fusilería español es certero, y aunque tan solo está auxiliado por la batería que dirige el capitán Juan Candy, del Regimiento de Infantería de Borbón, saca del mundo de los vivos a todo francés que trepa heroicamente por el talud con la bayoneta calada. Cuando los sitiados rechazan el segundo ataque, el semblante de Muff palidece. Sin embargo, vuelve a intentarlo. Y por tercera vez, sus soldados tienen que retirarse dejando centenares de muertos a sus imperiales espaldas.

Durante el ataque francés, su artillería tampoco ha estado ociosa. Sobre una ciudad que mira hacia el castillo con un sentimiento que combina la conmiseración, la admiración y una vana esperanza, ha caído no poco fuego de castigo. En los mandos militares franceses se ha ido acrecentando un sentimiento de rabia y negra animadversión hacia aquella ciudad que ya debería haberse rendido. Pero que no se rinde. Ni parece que tenga intención de hacerlo. Contra toda lógica desde la perspectiva gala.

Al castillo, un buen número de baterías francesas también lo baten por todos sus flancos. Uno de los obuses cae muy cerca del tambor, que tiene como misión señalar con la caja los tiros de bomba o granada. El muchacho que lo porta, Luciano Ancio, cae aturdido en el suelo. Y al momento nota un extraño calor en sus piernas y una extraña sensación de vaciamiento. Son los patriotas que acuden en su auxilio los primeros en darse cuenta de la gravedad de sus heridas. La metralla se le llevado por delante la rodilla y parte del muslo. Cuando tratan de evacuarlo, el chico, aunque sin fuerzas, protesta:

—¡No... no! Mis brazos están sanos... Aún puedo tocar la caja para avisar de las bombas y poder salvar a mis compañeros... Dejadme aquí...

El cuajo del joven tambor conmueve a quienes lo asisten. Uno de ellos, antes de caminar de nuevo hacia la brecha con el trabuco al hombro, murmura:

—Por Dios que voy a llevarme por delante a cuanto gabacho se me ponga a tiro.

Las bajas causadas por los asaltos de los franceses no son la única desgracia que les reserva el día los bravos defensores de Montjuih. La torre de San Juan, obra avanzada entre el castillo y la plaza, vuela por los aires sin que, aparentemente haya sido alcanzada por la artillería imperial. La práctica totalidad de su guarnición perece.

Y Muff, que sigue aferrado a su particular obsesión, se pone al frente del cuarto ataque convencido de que va a ser el definitivo. Y al coronel napoleónico, ironías del destino y azares de la guerra, las Moiras van a concederle su deseo. Aunque no como él espera.

Esa cuarta embestida es tan brutal como las tres primeras. Y esta vez, los vélites del corso llegan hasta la misma brecha. Pueden ver la cara del enemigo antes de verle la cara a la muerte. Firmes en sus puestos, los españoles disparan casi a quemarropa. Ningún francés hoya el suelo del castillo. Su fusilería, no obstante, se cobra su gabela. Pierson es uno de los héroes que cae bajo las balas francesas.

Pero los asaltantes no consiguen quebrar la resistencia española. El propio Muff es alcanzado por el fuego español y, malherido, ordena la retirada antes de que pueda quedarse sin ejército a los pies de aquella maldita fortaleza. Retirado en camilla, y temiendo ya la ira de Saint-Cyr, murmura a uno de sus coroneles:

—*Dupont, je déteste cette guerre en Espagne et je déteste ce putain de pays avec tous ses gens têtus*[5].

---

[5]Dupont, detesto esta guerra en España y detesto este puñetero país con todas sus obstinadas gentes.

Desmadejados sobre sobre los escombros de la barricada, el capitán O'Sullivan y el sargento McHarrell, sus rostros renegridos por el polvo y el humo de la pólvora, se intercambian una mirada de negra y apesadumbrada complicidad. No van a poder contener un nuevo ataque.

Pero la infantería francesa, que ha dejado a los pies del castillo no menos de mil seiscientos muertos, no está para continuar en la refriega. Los defensores de Montjuich, por esa noche, van a poder tomarse un respiro. Pero aquello, todos lo saben, no ha terminado.

MEMORIAL HISTÓRICO DE LOS SUCESOS MÁS NOTABLES DE ARMAS Y ESTADO DE LA SALUD PÚBLICA DURANTE EL ÚLTIMO SITIO DE LA PLAZA DE GERONA

D. Juan Andrés Nieto Samaniego
Doctor en Medicina y Cirugía, Cirujano-Médico consultor de los Reales Ejércitos y Jefe de su facultad en la citada Plaza durante el referido sitio.

Julio

«Heridos de bala de fusil: 55
Por casco de bomba o granada: 26
Contusos de rechazo de piedra: 5
Quemados: 5
Heridos, quemados y fracturados por la explosión de la torre de San Juan: 23
Total: 114

En este día como en otras varias ocasiones el M. I. Sr. D. Carlos Beramendi ostentó su amor a la humanidad, no menos que su valor y presencia de espíritu, ayudando con su exemplo y dirección a sacar de entre las ruinas aquellas 23 víctimas todavía vivas entre un diluvio de tiros dirigidos como acostumbra el Enemigo al lugar de la desgracia.

Las mujeres asociadas al Batallón de Santa Bárbara, son acreedoras a la admiración y gratitud de la patria, ellas han arrostrado los peligros que eran necesarios para conducir vino, aguardiente [y demás], y traer a los hospitales los heridos que resultaban de asaltos y salidas. ¡Almas sensibles! ¡Cuántas veces os he visto cubiertas de sudor, y de polvo, y saturadas de fatiga, de traer a los hospitales en vuestros delicados brazos a vuestros hermanos y defensores y haceros participantes de su dolor!

Desengañado el enemigo por reiteradas y muy costosas experiencias, de que no le era posible penetrar con sus numerosas falanges ni aun por la más practicable y anchurosa brecha en la estancia que guardan los bravos de Monjuic, tiene que reducirse en su desesperación a continuar el uso de la Artillería (…).»

Saint-Cyr recibe la noticia del fracaso del asalto al castillo de Montjuich en su cuartel general de Caldas. Se limita a expresar lacónicamente su sorpresa —*Mais… est-ce sérieux?*[6]— y a despachar el asunto de forma displicente. Sus preocupaciones inmediatas han estado en la pequeña villa costera de Palamós. El general francés no quiere que a Gerona llegue ningún tipo de auxilio y pretende cerrar todas las vías. Para ello, el día 5 ha enviado al general Fontane a resolver el asunto; el cual, tras un baño de sangre, ha conseguido tomar la localidad. Saint-Cyr, a quien también le consta que va a ser relevado en breve por el general Augereau, ha diseñado su estrategia militar a la medida de su arrogancia, que es

---

[6]Pero… ¿En serio?

mucha, y no quiere preocuparse ni empantanarse en pequeñas acciones. Eso corresponde a sus subordinados. Él quiere victorias rápidas y contundentes, de valor estratégico, que den brillo a su hoja de servicios. Y que Augereau se ponga la medalla de Gerona si no queda otro remedio. *Les décisions incompréhensibles de l'Empereur...*

El mencionado Augereau, por otra parte, ha llegado a Perpiñán. Algo más dúctil en las formas que sus predecesores, pero no menos arrogante, ha tenido la ingenua ocurrencia de escribir una proclama en su español zarrapastroso, convencido de que los catalanes van a aquedar seducidos por la bondad de sus palabras y sus nobles intenciones. Pero las atrocidades cometidas por los imperiales en este año de guerra —y las expeditivas venganzas, tampoco menos atroces, de los *manolos* como respuesta a aquellas— hacen imposible cualquier acercamiento entre franceses y españoles, como no sea para continuar en el sangriento arte del degüello mutuo hasta que se extingan o bien los galos o bien los hispanos. La realidad, visitante por lo común tan incómoda como impertinente, se le presenta formalmente a Augereau cuando apenas sus soldados han clavado dos o tres papeles con su ininteligible declaración en algunas poblaciones. El coronel Porta, en San Lorenzo de la Muga, se lleva por delante a la práctica totalidad del destacamento francés encargado de tan loable comisión. Los pocos soldados que logran escapar y regresar a Perpiñán se presentan ante el general de Napoleón mostrándole las palmas de las manos y encogiéndose de hombros. Es lo que hay. Augereau, que además padece un ataque de gota, lanza un hondo suspiro y eleva su mirada al cielo.

—*Il est impossible de comprendre ces gens*[7].

Visto lo visto, y teniendo como pretexto su dolencia, el general francés decide tomarse con calma la asunción efectiva

---

[7] No hay quien entienda a esta gente.

del mando del VII Cuerpo del ejército de Napoleón. Que Saint-Cyr siga ablandando a esas fieras.

Y a Saint-Cyr no le queda otra. Porque Gerona no se rinde y Cataluña está llena de partidas, somatenes, miqueletes, tropas regulares e irregulares, que martirizan a los soldados franceses y les crea la intensa sensación de desasosiego de no controlar nunca el territorio que dejan atrás. El referido coronel Porta los lleva a maltraer desde la misma raya de Francia hasta Figueras; otro patriota, Francisco Robira, los incordia desde esta última villa hasta las mismas inmediaciones de Gerona; y la columna del general Wimpffen, junto con las partidas acaudilladas por Pedro Cuadrado, y con las de Milans, Iranzo y Clarós recorren incesantes las tierras que van desde Hostalrich hasta la plaza sitiada, creando entre las tropas invasoras más inquietud de la deseable. Por consiguiente, Saint-Cyr se ve obligado, para despejar la línea de comunicación con Francia, a enviar el 12 de julio una brigada del general Souham a Bañolas y al general Guillot a San Lorenzo de la Muga. Ya caerá aquel maldito castillo. Y aquella maldita, oscura y húmeda ciudad.

De la eficacia de las medidas tomadas por Saint-Cyr da cuenta ante Álvarez de Castro el coronel Marshall. El convoy de ayuda al mando de este irlandés enviado por las autoridades de Cataluña ha sido interceptado y deshecho en Castellar por las tropas francesas. La ciudad de Gerona se queda sin su urgente socorro. Y lo peor: va a saciar las hambres de los soldados de Napoleón.

—¿Con cuántos hombres ha entrado usted en la plaza? —pregunta el gobernador al maltrecho recién llegado.

—Con catorce, mi general —responde apesadumbrado el irlandés.

Álvarez no deja traslucir ningún tipo de emoción en su semblante. Desde luego, no es una noticia reconfortante por más que en la actual coyuntura esté más necesitado de víveres que de soldados. En cualquier caso, para el general granadino cualquier combatiente es digno de respeto. Y además, en ningún caso va a permitirse un comentario derrotista.

—Mala noticia para los franceses —espeta sin más.

Finalizada la audiencia, el viejo león se asoma a los ventanales de su despacho del cuartel general. Queda en la estancia tan solo su fiel y eficiente Satué, que sabe de antiguo de la necesidad de respetar los silencios de su general.

—¿Usted qué opina, Satué? —Álvarez señala con un movimiento rápido de su mano hacia las alturas donde se enclava el castillo. O lo que va quedando de él. Desde la estancia amplia y de modesto mobiliario que ya empieza a acumular el bochornoso del verano se oye nítidamente el incesante cañoneo francés.

Su ayudante de campo se acerca hasta el ventanal y se sitúa al lado del gobernador de la plaza. Se toma su tiempo antes de contestar.

—Han construido nuevas baterías y han cambiado de lugar la más grande, la que abrió la brecha. —Satué habla de memoria. Porque desde allí ninguno de los dos hombres puede ver más que los fogonazos y las llamaradas de los obuses al estallar—. De la batería que tienen en Casa Roca también han dirigido hacia el castillo algunos de sus morteros y obuses. Están dispuestos a demolerlo si no nos rendimos, Excelencia.

Veteranos y eficientes militares, los dos saben sin decirlo abiertamente cuál es la cuestión que preocupa a ambos. La inmolación de los defensores de Montjuich.

—No podemos entregar el castillo, Satué —murmura Álvarez.

Satué cabecea lentamente. Ve imposible una resistencia a ultranza.

—No garantizaríamos su posesión ni auxiliándolo desde la plaza, Excelencia. Y, si lo hiciéramos, dejaríamos desguarnecidas nuestras defensas. Y eso, mi general, estará de acuerdo conmigo, en que no es posible.

Álvarez asiente imperceptiblemente. Sabe adónde quiere llegar su subalterno.

—Tienen que resistir, Satué.

—Entonces, Su Excelencia es consciente de que el sacrificio que exige a esos hombres es completo.

Álvarez de Castro se gira bruscamente y lanza a su ayudante una mirada dura y gélida como el hielo.

—Todos no vamos a sacrificar completamente, Satué. —Y, tras volverse de nuevo hacia el ventanal, su voz retumba tajante—: De orden a Nash de no rendirse.

En el interior del castillo la situación empeora a medida que transcurren los días. Los franceses aprietan el cerco sobre la resquebrajada fortaleza. Han conseguido unir los frentes del nordeste y noroeste y han adelantado sus líneas hasta la cresta del glacis. Nuevas baterías se multiplican y, lo que parecía imposible, se revela como real: el fuego artillero de los franceses se acrecienta sobre los españoles haciendo auténticos estragos de vidas. Y por si ello fuera poco, unas nutridas líneas de excelentes francotiradores del ejército imperial disparan con mortal precisión sobre cualquier defensor que se deje ver. Pero Verdier, a quien Saint-Cyr ha encargado que rinda de una vez el enclave, sigue sin poder dar la esperada noticia a su general superior.

El sargento McHarrell, aplastado como un lagarto contra los sillares de una de las murallas medio derruidas del castillo ha visto como su compañía ha ido desapareciendo paulatinamente. En esos momentos ha asumido definitivamente que aquel condenado castillo va a ser su sepulcro y que ya ha visto por última vez a su amada Josefina Virués.

—*Fraincis, mic droch-mháthair*[8] —masculla mientras con suma precaución se asoma por encima de su parapeto para hacer fuego contra aquellos diablos de los que apenas ve so-

---

[8]Franceses, hijos de mala madre. En gaélico.

bresalir levente el chacó por encima de las rocas de las montañas cercanas. Visión suficiente para enviar alguno al mundo de los muertos de tanto en tanto. Su puntería no tiene nada que envidiar a la de los mejores tiradores imperiales. Hoy, está casi seguro, ha enviado al menos tres a pasear en barca con Caronte.

—*Dia cabhrú linn, McHarrell*[9] —le contesta el capitán O'Sullivan para sorpresa del sargento, que mira a su superior entre el escepticismo y la admiración.

—Creía que era usted inglés, mi capitán.

—Ya ve, sargento. Yo, en cambio, lo tenía a usted por galés.

Los dos hombres sonríen la mutua broma con cierta amargura. Junto con otro soldado irlandés herido en un pie son los últimos de la compañía. Los otros ocho que quedaban saltaron por los aires cuando una bomba estalló de lleno en la torre de San Luis.

—Capitán, ¿cuándo cree que nuestros amigos de ahí enfrente volverán a intentarlo?

Lo que en realidad pregunta el bravo sargento irlandés es por la fecha de su previsible fallecimiento. Su capitán, quien se muestra sorprendentemente socarrón en lo que parecen los momentos finales de sus vidas, le concede una sonrisa burlona.

—Inmediatamente después de que nosotros los honremos con una última visita de cortesía, imagino.

Sean McHarrell mira a su capitán estupefacto.

—¿Vamos a... atacarles?

O'Sullivan asiente sin perder la sonrisa esculpida en su rostro.

—Si no está de acuerdo puede presentar una queja...

—*Táimid craiceáilte*[10].

—Seguramente, sargento, seguramente... —concede antes de alejarse reptando como una culebra.

---

[9] Que Dios nos asista, Mcharrell.
[10] Estamos locos.

Y es que Nash, consciente de que no puede sostenerse entre aquel puñado de cascotes por más tiempo y por mucho que se empecine el terco y heroico gobernador de Gerona, ha organizado una salida con objeto de facilitar su repliegue hacia la plaza con sus últimos defensores, que no son muchos. Con todo, el gobernador del castillo, ha tenido la precaución de convocar un Consejo de Guerra con sus oficiales antes de tomar la decisión. Si de algo no duda el bravo defensor de Montjuich es que a Álvarez no le va a temblar el pulso para ordenar su fusilamiento, si el general considera que ha desobedecido sus órdenes.

MEMORIAL HISTÓRICO DE LOS SUCESOS MÁS NOTABLES DE ARMAS Y ESTADO DE LA SALUD PÚBLICA DURANTE EL ÚLTIMO SITIO DE LA PLAZA DE GERONA

D. Juan Andrés Nieto Samaniego
Doctor en Medicina y Cirugía, Cirujano-Médico consultor de los Reales Ejércitos y Jefe de su facultad en la citada Plaza durante el referido sitio.

Julio

SALUD

«La ciudad sufría al mismo tiempo los estragos de las bombas aunque en menos número porque varios obuses y morteros de la batería de Casa Roca se dirigían contra Monjuic, cuyo ámbito no ofrecía a su guarnición tanto espacio como exigían las circunstancias, ni algún lugar libre de los estragos de la munición hueca; estas duras circunstancias y el pernicioso desprecio de los peligros que se advirtió en nuestros impertérritos guerreros ocasionó muchísimas desgracias.

Entre estas y en la historia de la salud deben tener

lugar las sucedidas a 14 individuos que desdel [sic] día 26 de Junio hasta el 1.º de Agosto inmediato, sufrieron la amputación de alguna de sus extremidades, por haber padecido absoluta mutilación ó gran dislaceración y conminución de algún miembro, por los cascos de bomba, granada o bala rasa, y una trepanación.

Estos extremos remedios que dictaba la extrema enfermedad se determinaron siempre en consulta a pluralidad de votos ó á consentimiento común de todos los profesores.

Así lo tenía dispuesto desde el principio, y continuaré esta máxima donde quiera que exerza mi escasa autoridad facultativa: esto es, que siempre que el caso lo permita *no se practique ninguna grave operación sin que se decida en consulta*: aunque en Gerona para reunirse los facultativos á la cabecera del paciente era siempre necesario arrostrar algunos peligros que no todos llegan á conocer, y que yo no debo ponderar.

Y ya que tuve la satisfacción de prodigar a estos beneméritos que ofrecieron sus miembros a la Patria, los auxilios facultativos que exigía mi obligación y el consuelo que me dictaba mi sensibilidad, aprovecharé también la coyuntura de contribuir a su satisfacción transmitiendo sus nombres a la posteridad.

Ayudante mayor del Regimiento de Ultonia, el Capitán Don Manuel Motis, uno de los más bravos oficiales de la guarnición, fue amputado de la pierna izquierda y curado felizmente.

El granadero del mismo cuerpo Nicolás Turine, sufrió la amputación de la pierna derecha: estaba fuera de peligro.

Manuel Sarriá soldado del Regimiento de Artillería de Barcelona, se le amputó la pierna izquierda, y salió libre de los días y síntomas peligrosos.

Luis Cabezas del Regimiento de Infantería de Borbón (soldado) fue amputado de la pierna izquierda, y falleció al octavo día.

Tambor de la Compañía de Artillería fixa de Gerona Luciano Ancio, sufrió la amputación del muslo izquierdo única que se hizo á un tiempo, y él solo que se salvó de los amputados de muslo.

Domingo Embrí soldado del Regimiento de Borbón; sufrió la amputación del muslo derecho, y falleció trismódico el día 13.

Lorenzo Oliver soldado de Borbón, sufrió la amputación del muslo izquierdo, y falleció el día 11.

Josef Martín de la primera compañía de la Cruzada Gerundense, fue amputado del muslo izquierdo, y falleció estupuroso el mismo día.

Josef Palomo del Regimiento de Borbón padeció la amputación del muslo derecho, y falleció tetánico el día 8.

Francisco Font del Regimiento segundo de Barcelona (soldado) fue amputado del brazo izquierdo, y falleció esfucelado el día 6.

Raymundo Sabay sargento del Regimiento de Borbón, sufrió la amputación del brazo derecho, y se curó felizmente.

Miguel Vila soldado del mismo cuerpo, sufrió la amputación del brazo izquierdo, y falleció el día 9.

Lorenzo Agustí soldado del segundo tercio de Gerona, se le amputó el antebrazo derecho, y se curó felizmente.

Bernardo Gordo soldado de la segunda compañía de Zapadores, fue amputado del antebrazo derecho y curado felizmente.

El resultado de estas operaciones es haber fallecido siete de los catorce, luego puede gloriarse la noble facultad de haber salvado aun en la más terrible situación, la mitad de las víctimas que por la atrocidad de sus heridas estaban según las reglas del arte destinadas al sepulcro.

El Trepando [sic] fue un Oficial del primer tercio de Gerona, y no obstante el habérsele extraído tres grandes esquirlas que formaban parte de la sustancia vytrea y diploydea, falleció apoplético el día quatro.

Los profesores del arte de curar echarán de menos la historia metódica de las observaciones que abrazasen la indicación de las operaciones, método curativo y resultado de tan graves males que debiera tener lugar en este memorial, pero como el uso de las ciencias exige precisamente tranquilidad de ánimo, serenidad, reposo y tiempo, y estas circunstancias distaban mucho de nuestra situación del todo incompatible con la quietud y el sosiego; confieso ingenuamente que no he tenido la serenidad necesaria ni aun el tiempo, pues siempre era escaso con respecto a mis graves ocupaciones para seguir progresiva y científicamente la observación y historia de unos males, cuya naturaleza se infiere de los terribles medios curativos que exigieron, y de consiguiente habremos de conformarnos con lo que las duras circunstancias nos permitían, que no se extiende más allá de lo que queda dicho, y de lo poquísimo que se ve á continuación, y es deducido de la observación general de estos operados.

La gran palidez y lividez del rostro con sudor frío, desde la parte superior del pecho arriba, es mala; antes y después de la operación: la lividez aun peor que la palidez.

El pulso no debe ocupar otro lugar por sí solo, que el del síntoma unívoco.

La poca sensibilidad y cierta indiferencia al sufrir la operación, es mala.

La nimia inquietud, garrulidad ó taciturnidad, es mala; un justo temor a la operación expresado por un raciocinio ordenado y razonable, es bueno.

Durante la operación es de buen pronóstico toda señal bien decidida, y aun exagerada si cabe en ponderación de sensibilidad, y viceversa.

La amputación de muslo, es terrible por sus resultas.

La de brazo menos mala, pero muy terrible por sus conseqüencias.

La de pierna, y antebrazo, mucho menos arriesgadas que las antecedentes: estas verdades conocidas, aunque no de todos, no estarán de mas para los facultativos jóvenes.

La ligadura de los vasos en estas últimas, no es siempre necesaria, vasta comúnmente un buen estíptico previo el torniquete.

En unas y otras el mejor medio de precaver y cohibir el fluxo de sangre, es el torniquete sabiamente colocado, si exceptuamos uno ó otro caso, por la varia ramificación de las arterias: el de Petit aun corregido es susceptible de mejora, por que no impide la estrangulación del miembro en varios casos.

Las fiebres endémicas de que suele ser infectada esta Ciudad, empezaron á comparecer en este mes, de que se siguió un considerable aumento de enfermos en los hospitales de Medicina, y la complicación de las heridas con estas calenturas que en lo común eran intermitentes biliosas: la ínfima plebe y los espatriados que se habían refugiado á Gerona, eran con más frecuencia atacados por esta calentura.

Continuaban en la Ciudad las desgracias personales. Los incendios y ruinas causadas por las bombas, que aunque en menor número, no por eso dejaban de aumentar día y noche nuestra aflicción.

Los hospitales a cargo de la Cirugía-Médica se hallaban a fin de este mes en el estado siguiente:
Entrados: 499
Salidos: 294
Muertos: 81
Existentes: 393

Clases de enfermedades que padecen
Heridos, quemados y fracturados: 377
Males varios: 14
Galicados: 2

A tenor de las duras circunstancias en que los progresos del Sitio iban poniendo la ciudad se multiplicaban las calamidades y desgracias, y de consiguiente se aumentaba el trabajo y cuydados de los facultativos encargados de la salud.

Los del cuerpo de Cirugía-Médica militar merecieron por su actividad y zelo en la asistencia y alivio de los enfermos; por arrostrar heroycamente los peligros que eran anexos a la naturaleza de su servicio; por el acierto patentizado en las muchas y maravillosas curas debidas a su talento y conocimientos, la consideración y aprecio no solo de lo Oficiales y Gefes de la invicta guarnición y habitantes de Gerona, sino también del Excelentísimo Señor Comandante general, quien llevado de sus principios de su grande equidad y justicia, se dignó dar al Exército de su mando y en honor y recompensa de los profesores, la orden del día que junta con el oficio de remisión es como sigue.

ORDEN

Siendo de justicia remunerar los servicios que tanto anteriormente como en el decurso del Sitio y bombeo de esta Plaza, han tributado a la humanidad los profesores de la noble facultad de Cirugía-Médica de los Reales hospitales provisionales de campaña del Exército de mi mando; tanto para premiar sus méritos como para animarlos á la continuación de sus tareas y cuydados en beneficio de los defensores de la Patria; usando de las facultades que tengo y en nombre del Rey Nuestro Señor Don Fernando VII que Dios guarde, he venido a conceder las gracias siguientes.

[…]

Después habiendo S. E. mandado los correspondientes despachos (…) se dignó remitírmelos con el siguiente oficio.

"Incluyo á Vmd. Los cinco despachos provisionales de los individuos que dependen de su cargo, á fin de que los reparta: los que en nombre del Rey Nuestro Señor Don Fernando VII ha sido premiados por los distinguidos méritos que han contraído.
Dios guarde a Vmd. muchos años.
Gerona 22 de julio de 1809
Mariano Álvarez"»

Bien entrada la madrugada del diez de agosto una partida de apenas sesenta hombres, entre los que se encuentran O'Sullivan y McHarrell, avanzan sigilosos entre las sombras de las ruinas del revellín. Los franceses, que si algo no esperan es que les ataquen los españoles, son tomados por sorpresa y, por un momento, podría decirse que el castillo ha sido liberado de la presión de las tropas francesas, que tardan casi una hora en reaccionar. En ese tiempo, el comando español pone en marcha una degollina espeluznante. Se mata rápido y a oscuras. Y con el íntimo terror de que uno de los tuyos, en el paroxismo de la carnicería, te confunda con un gabacho y te entierre entre las costillas dos palmos de acero de bayoneta. Con todo, y a pesar de la eficacia del golpe, los españoles dejan en aquella salida una docena de muertos. A partir de ese momento el tiroteo y el bombardeo contra las ruinas del castillo no cesará hasta la tarde del día doce. Nash, que aún no ha obtenido permiso para abandonar la fortaleza del general Álvarez de Castro, contrario este, como suele, a toda capitulación, decide que no puede sostenerse por más tiempo entre aquellos muros desdentados sin sacrificar a toda la guarnición. Y a las seis de la tarde da orden de replegarse hacia la plaza, tras destruir la artillería y las municiones que quedaban. De los casi novecientos hombres que componían la guarnición española han muerto dieciocho oficiales y quinientos once soldados.

Una veintena de hombres maltrechos tratan de proteger,

como buenamente pueden, la retirada de lo queda de guarnición. Tienen a los franceses, que parecen correr detrás de ellos como lobos hambrientos, a tiro de pistola; lo que significa que la magra retaguardia es también un blanco fácil. El capitán O'Sullivan ha recibido un pistoletazo de un suboficial francés. El irlandés se dobla e hinca una rodilla en tierra, llevando instintivamente su mano izquierda a su costado derecho. Pero no ha soltado su pistola. Y cuando el galo se dispone a rematarlo, O'Sullivan levanta su arma y le descerraja un tiro en mitad de la cara. *Au revoir, monsieur*. El oficial del Regimiento de Ultonia ha salvado el primer envite, pero no encuentra fuerzas para levantarse. Va a tener que resignarse ante el acero de las bayonetas francesas.

Sin embargo, antes de que pueda encomendar su alma a Dios con una oración, que va a tener que ser brevísima porque ya oye el acento relamido de los soldados napoleónicos a pocos pasos de él, un tirón del cuello de la guerrera lo desplaza hacia atrás varios metros. Delante suyo queda recortada la figura del sargento McHarrell. Lleva dos rifles en bandolera; y uno entre las manos, con el que dispara antes de echar mano a su pistolón del cinto. Eso y el fuego de cobertura de otros soldados ralentiza el avance de la vanguardia francesa. El sargento levanta del suelo a su capitán, le pasa la mano por la cintura y lo obliga a caminar hacia sus líneas. El capitán O'Sullivan, rodeando con su brazo derecho los hombros de su compañero, protesta:

—Déjelo, sargento… No… no voy a ser capaz de llegar. —Mcharrell mascula algo inaudible y finge no haberlo oído—. Se… se lo ordeno… sargento.

Pero McHarrell parece llevarlo en volandas entre el tiroteo ensordecedor y no está de humor ni considera que es el momento para plantearse obedecer órdenes absurdas. Y tanto el capitán O'Sullivan como el sargento Mcharrell llegan. En un estado penoso. Pero llegan.

Llevados al hospital de campaña y atendidos por las matronas de la compañía de Santa Bárbara tardan una hora en dejar de resoplar y en poder articular palabra. La herida del capitán no es demasiado grave: un par de costillas rotas, aunque habrá que intervenir para recomponer el estropicio, según le ha dicho el médico-cirujano señor Nieto. ‹‹Ha tenido suerte. No hay bala dentro. Así que no se preocupe y no se mueva. Y tampoco hable››. Esa ha sido la recomendación del hombrecillo con antiparras que le ha revisado y se ha marchado rápidamente, no sin antes darle una palmada amistosa en el hombro.

—Sargento —murmura con voz ronca O'Sullivan en cuanto el médico-cirujano se ha alejado lo suficiente—, ha desobedecido mi orden.

—Pues fórmeme un consejo de guerra —le espeta el sargento McHarrell al borde de la extenuación.

O'Sullivan parece sonreírle.

—Si salgo de esta, cuente con ello, pequeño galés gruñón.

—Mi capitán, solo tiene dos costillas rotas. Saldrá de esta, a menos que sea una frágil damisela inglesa. Y ahora, si me permite, quisiera ocuparme de un asunto personal… —McHarrell pone sus últimas fuerzas en gritarle a una dama que pasa por allí con un cubo en la mano—. ¡Señora, por favor! —La mujer se le acerca con los ojos muy abiertos—. ¿Conoce usted a la señorita Josefina Virués?

La matrona se lleva una mano al mentón, pensativa.

—Creo que está en el otro hospital… Voy a avisarla, si usted quiere.

—Le quedaría muy agradecido, señora. Y dígame, ¿ha visto usted alguna vez a un irlandés desmayarse?

—No…

—Pues hoy es su día de suerte.

También para Verdier es su día de suerte. Después de dos meses de asedio, de haber montado diecinueve baterías, haber abierto varias brechas y haberse dejado en el intento más de tres mil soldados, por fin puede informar a Saint-Cyr de que el castillo de Montjuich está en sus manos. Al mismo tiempo, y como sutil venganza hacia su general superior, se apresura a escribir a las autoridades del gobierno imperial haciéndoles partícipes de tan grata noticia y, en un arrebato de optimismo, asegurándoles que hará capitular a la ciudad en ocho o diez días. Y ahora, que el pavo de Saint-Cyr se apresure si quiere llegar a tiempo de comerse la última guinda. Por lo que a él respecta de forma inmediata, va a descorchar una botella de vino de Burdeos y *vivre la France et vivre l'Empereur*.

La euforia de Verdier contrasta con el ambiente de sepelio que se vive en el estado mayor de Álvarez de Castro. Nash ha comparecido ante el gobernador para dar cuenta de su decisión de rendir finalmente el castillo y pedir la formación de un consejo de guerra si Álvarez cree que no ha cumplido con su obligación. Pero el veterano general no es menos justo que duro y terco y ha terminado por reconocer y agradecer el sacrificio de sus hombres. No hay más que hablar al respecto. Hay que seguir luchando. Y les pide a sus jefes que se acerquen hasta el mapa extendido que hay sobre una gran mesa. Y Álvarez explica:

—Con la pérdida del castillo, la ciudad queda muy comprometida por esa parte. Apenas, como pueden apreciar, la protege un muro antiguo y frágil. La única potencia artillera de que disponemos para defender el sector son las baterías de la torre de la Gironella y las otras dos situadas encima de la puerta de San Cristóbal junto con la de la muralla de Sarracinas.

Álvarez hace una pausa para que sus jefes y generales se hagan cargo de la gravedad de la situación.

—¿Y no sería posible, Excelencia, trasladar algunos cañones de otros lugares menos susceptibles de ser atacados a esta zona? —pregunta Nash.

—¿Coronel? —inquiere Álvarez mirando a Isidro de la Mata.

El coronel Isidro de la Mata, jefe de los artilleros, carraspea antes de tomar la palabra.

—Señores generales, vean ustedes lo magro de nuestra fuerza artillera. —Sus dedos índice y corazón planean despacio sobre el mapa, deteniéndose brevemente en aquellos lugares donde hay dispuesto algún cañón—. Un traslado de cualquiera de estas piezas implicaría dejar totalmente desguarnecidos esos sectores, y a sus defensores a merced de los franceses, si estos decidieran atacar por allí. En realidad, buena parte de la ciudad no tiene defensa artillera.

—Tal vez… —Nash se inclina lentamente sobre el mapa—. Tal vez podría valorarse el traslado de esta batería de aquí —Señala tímidamente el lugar con un dedo tembloroso—, puesto que la vía que protege está protegida por la guarnición del convento de San Daniel.

Esta vez es Minalli quien pone al día al bravo defensor de Montjuich.

—Mi general, el convento de San Daniel fue tomado por los franceses el día 2.

Y Álvarez de Castro remacha:

—Con lo que además nos han yugulado el último resquicio por el que nos llegaban algunos socorros de tanto en tanto. —Un silencio fúnebre se instala en el vetusto salón. Y el primer defensor de Gerona, deseando finalizar aquella infeliz reunión, se sincera con sus hombres y los arenga—: Señores, Gerona va a ser bombardeada día y noche de forma inmisericorde. No me cabe duda de que todos ustedes, como hasta ahora han demostrado, sabrán estar a la altura del sacrificio y del heroísmo de estas gentes a quienes nos debemos. Nunca nos doblegaremos. Nunca nos rendiremos.

Pero no todo es tristeza en la noche gerundense. Aparte de la celebración de la soldadesca gala entre las ruinas del castillo de Montjuich, que se solaza en su victoria, en la misma ciudad, en un gabinete sombrío apenas iluminado por la luz enfermiza de un quinqué, un hombre se debate entre la fiebre abrazado a sí mismo. Ríe, llora y maldice entre sus convulsiones. La enfermedad, fruto de su obsesión enfermiza, ha carcomido por completo su entendimiento. Pero ha acrecentado su maldad.

—Sí, Isabel... Isabelita... Se acerca tu hora, como se acerca la hora de esta maldita y frailuna ciudad. Ambos sucumbiréis... feneceréis... Pero antes... antes deberéis afrontar vuestro castigo. Un castigo terrible... Y yo... yo... seré el encargado de... de... ¡¡ejecutar la venganza!!

Y de repente, Arturo Mas cesa en su desvarío y se siente invadido por una paz inmensa. La paz de la locura.

Memoria de N. Miranda Teniente Coronel de Artillería Defensor de Montjuich

«La deplorable situación del castillo, ó por mejor decir de aquel cúmulo de ruinas, después de haber sufrido sesenta días del más horroroso fuego que es imaginable tanto de fusilería como de artillería desde veinte baterías, en las quales colocaron los sitiadores sesenta y seis cañones, siete obuses, veinte morteros, y un pedrero, de quienes se computan que arrojaron 23.000 balas, 3.000 granadas, 2.600 bombas, con un sin número de granadas de mano, cascos y fuegos de artificio, haciendo treinta y siete días que tenía la brecha abierta, y posteriormente llegó a tener hasta quatro; el revellín a discreción de los enemigos; alojados estos en el camino cubierto y foso, sin fuego de flancos ni otro alguno, resistiendo siete días después de la ocupación del revellín, y tres con los frentes atacados enteramente demolidos; no habiendo puesto donde pudiese colocarse ningún centinela sin grave riesgo de su vida; ni parage donde asomarse sin seguridad de perderla, finalmente, hallándose sin cortaduras, y su situación tal, que la primera noticia que hubieran tenido sus defensores habría sido verlos dentro del castillo, se resolvieron a evacuarlo, como en efecto lo verificaron el día 11.»

La plaza de San Pedro, tras la caída de Montjuich, es un hervidero de soldados y paisanos. El lugar se ha convertido, en sus horas de sombra, en un espacio donde pasear y pegar la hebra. No tienen los gerundenses muchas otras distracciones.

Balaguer y algunos otros de sus habituales compañeros de tiros y tribulaciones miran con preocupación hacia las alturas de las crestas y los montes que circundan la ciudad.

—Nos apuntan desde la cima de cada risco, esos *malparits*[11] —dice uno.

Balaguer asiente despacio sin dejar de observar las alturas, lejanas aparentemente.

—A los cañones del castillo —dice otro—, le van a acompañar las baterías que han levantado en la ladera del Puig Denroca. Nos van a freír.

—Sin olvidar la que han puesto encima del arrabal de San Pedro —tercia otro.

—Sin embargo —murmura Balaguer—, no podrán reducir toda la ciudad a cenizas. En algún momento tendrán que venir y exponerse.

—Después de su experiencia en Zaragoza evitaran, en la medida de lo posible, no empantanarse en una lucha cuerpo a cuerpo por estas calles —comenta uno de los de más edad.

—En cualquier caso, vendrán. No lo duden ustedes.

La voz ha sonado a espaldas del grupo; y cuando todos se giran para ver quién se ha expresado con tanta rotundidad, se encuentran con un fraile de aspecto malencarado en compañía de un novicio que sonríe tembloroso. Balaguer lo reconoce al instante.

---

[11]Malnacidos. En catalán.

—Esperamos contar con su puntería cuando se presente el envite… *fraile* —le sonríe Balaguer.

—Así será, si Dios quiere.

Algo le dice a Balaguer que Dios va a querer a no mucho tardar. Y como señal del cielo o del infierno, porque el diablo también juega sus bazas en las guerras, las baterías, ahora francesas, del castillo de Montjuich comienzan a escupir su fuego mortal sobre la ciudad. Enseguida, los cañones del Den Roca y los del arrabal de San Pedro se unen al estruendo disparando contra la muralla de San Cristóbal y la puerta de Francia. Todo gerundense debe acudir a su puesto.

No muy lejos de allí, emboscado entre las sombras de un sótano, Arturo Mas se estremece a cada cañonazo. Y cuando el estruendo de la bomba desaparece en el aire caliente de la noche, musita: *¡Booom!* Y sonríe feliz.

El sargento Sean McHarrell y la amazona del Regimiento de Santa Bárbara también han sonreído felices durante unos días. Pero las bombas llevan cayendo día y noche sobre Gerona desde hace una semana y las obligaciones y trabajos se multiplican para ambos. El amor y las sonrisas, sin duda, suavizan y mitigan la dureza de las tareas de ambos. La muchacha en el traslado y cuidado de los heridos, y el suboficial irlandés en las labores de construcción de parapetos, cortaduras y barricadas que ha ordenador erigir el Gobernador para compensar los destrozos que los obuses han causado en la ciudad, muy especialmente en la zona de la puerta de Francia.

Sin embargo, el irlandés, pronto es llamado a la zona de los cuarteles de Alemanes. Se necesita gente experimentada en aquel punto. Los franceses han seleccionado un nuevo objetivo para ir estrechando el cerco de la plaza y han concentrado el fuego de su artillería en aquel lugar y en otros dos puntos sensibles: la muralla de San Cristóbal y la muralla de Santa Lucía. Zonas defensivamente frágiles y de las de mayor elevación de la ciudad. El sitiador sabe lo que se hace.

Impecable en la aplicación de la teoría militar es, sin embargo, corto de entendederas con respecto al carácter de los españoles. Y aquel pueblo desordenado, imprevisible, terco e irreductible, revuelca por tierra a los sodados del mejor ejército del mundo cada vez que este se sitúa en ese punto indeterminado que media entre la confianza y la arrogancia. El último ejemplo ha sido la intentona francesa de tomar mediante un golpe de mano las casas de la Gironella. Porque, a ver, quién iba a pensar que una guarnición escasa y mermada tras las pérdidas de Montjuich y las diarias de la plaza, y con una población corta en habitantes, además, se iba a presentar allí con medio centenar de soldados y civiles y, en un abrir y cerrar de ojos, recuperar el enclave y llevarse hasta unos cuantos prisioneros, los cuales no salen de su asombro. *Mais… ces manolos n'étaient-elles pas entourées?*[12]

Y es que Álvarez de Castro, que participa de todas las características del carácter de sus compatriotas menos de la del desorden, molesta en todo lo que puede las actividades de su acérrimo enemigo y, en cuanto ha tenido constancia del movimiento francés, ha ordenado que saliese del fuerte del Condestable una columna con los hombres disponibles para dar un escarmiento a la osadía gala. Aunque, en realidad, D. Mariano apenas puede permitirse aquellas pequeñas contraofensivas sin dejar desguarnecidos puestos sensibles en la defensa de la ciudad. Pero el general español sabe aprovechar dos pequeñas ventajas: conoce mejor la forma de pensar de su enemigo y, de tanto en tanto, subrepticiamente, se van introduciendo en el recinto asediado gentes llegadas de todas partes de la región que acuden a la defensa de Gerona. Los imperiales no aciertan a averiguar por dónde demonios se cuelan aquellos insensatos. Sea como fuere, el caso es que aquella semana han conseguido penetrar en el pequeño infierno gerundense cien paisanos provenientes de Olot. Y con aquellos nimios refuerzos, el Gobernador no deja de organi-

---

[12] ¿Pero… estos manolos no estaban rodeados?

zar salidas que causan tanto nerviosismo como estupor entre los mandos militares franceses.

Entre el pueblo de Gerona, lo que se comenta es el carácter, no precisamente paternal, de su comandante en jefe.

—Mi general, ¿y en caso de tener que retirarnos a dónde nos acogeríamos? —desea saber un capitán encargado de una misión delicada.

Álvarez de Castro camina lentamente hasta el oficial y a un palmo de su cara le espeta:

—Al cementerio.

Al cabo Curro, o a *Currocabo*, como le bautizaron en su día dos gaditanos guasones que ya no están para contarlo, la guerra contra los franceses solo supone un eslabón más en su larga cadena de desdichas desde que, abruptamente, aterrizara en milicia para ejercer una carrera para la que no parecía predestinado. Pero emborracharse hasta el ánima en compañía de un sargento de reclutamiento con sus dos cabos furrieles no es la mejor decisión para conservar el paisanaje. Así que, tras una interminable noche de vino, coplas, guitarras y alguna que otra moza de vida alegre, el joven y jaranero Francisco Hernández, de antigua profesión *cenachero*, despertó —ayudado por una amorosa patada del sargento Peláez— como soldado de infantería de los ejércitos reales de Su Majestad D. Carlos IV.

De nada le valió al ya soldado Curro argüir que aquella firma —que, sin duda, era la suya, si bien las letras padecían de un extraño y sorprendente alargamiento—, había sido obtenida por métodos tramposos y, por consiguiente, carecía de validez alguna. El soldado Hernández, seguramente, no lo dijo con aquellas palabras ni, probablemente, la contraargumentación del sargento estuvo trufada de los preceptos literalmente extraídos de las ordenanzas militares. Probablemente Curro, con serias dificultades para mantener el equilibrio, apelaría a sus *riñones* para negarse a formar parte del otrora glorioso ejército español y el sargento Peláez —que se pusiera Curro como se pusiera, tenía su firma en el papel timbrado oficial para los efectos oportunos— apelaría a los suyos, de mucha más veteranía y eficacia, para amarrarlo encima de un borrico con ayuda de los furrieles y llevárselo al campamento donde ya tendría tiempo, si persistía en la idea, de elevar una queja formal al maestro armero.

Pero de todo aquello ya han pasado cuatro años. Y cuando el año pasado estaba a punto de expirar su periodo de alistamiento, a Napoleón no se le ocurre otra cosa que invadir España. Menudo hideputa. Así que, tras la oportuna Real Orden que prorroga cualquier alistamiento, allí sigue, ahora bajo las banderas del general Blake, dando y recibiendo estacazos de aquellos *mesiés* empeñados en quedarse con lo que no les pertenece. Y hasta que no se vayan, no va a poder regresar a su Málaga añorada. Claro que, al menos, cuenta con la siempre paternal y afectuosa presencia del sargento Peláez para hacer más llevadera su existencia militar.

—¡Maldita sea tu estampa, Curro! ¿¡Pero dónde te crees que estás!? ¿¡¡En el pabellón de reposo de un hospital de campaña!!?

Curro abandona el espacio de sombra que generosamente le ofrece la rueda del carromato y se incorpora sin demasiada prisa, mientras guarda en su bolsillo la navaja y la pequeña figurilla de madera que estaba tallando.

—A la orden de usted, mi sargento —dice cuadrándose sin demasiada marcialidad.

—A la orden de mis cojones —mascullaba el sargento Peláez con su buen humor habitual—. ¡Venga, coño, que hay que formar la compañía! Nos vamos.

Curro sigue a su sargento a pequeños saltos, sin ser capaz de darle alcance. Todo el vivaque está en ebullición. Y todos los sargentos parecen haberse puesto de acuerdo para vociferar al mismo tiempo. Son como pastores reagrupando a sus respectivos rebaños. Curro, por algún motivo que no alcanza a explicarse del todo, se siente como una especie de perro ovejero.

—¿Y a dónde nos dirigimos, sargento? —pregunta solícito *Currocabo*.

—Al Norte.

—Sí, pero… ¿a qué parte, mi sargento?

El sargento Pélaez se gira hacia Curro y le ofrece una generosa sonrisa que tensa la cicatriz de su cara. A Curro le parece que así sería la sonrisa de un lobo si los lobos quisieran sonreír.

—¿A qué parte… a qué parte…? —susurra el suboficial sin perder la calma ni su inquietante sonrisa; y dejando caer rudamente su mano sobre el hombro del cabo, acerca levemente el rostro a su oído y le comenta impostando un tono de confidencia—: Ahora va a venir el mismísimo general Blake a contártelo a ti en persona. —Y luego, tras zarandear sin miramientos al incauto cabo forzoso—: ¡¡Quiero a la compañía formada en menos que canta un gallo o voy a lustrar mis botas sobre vuestros culos!!

Tras la intentona francesa sobre la torre Gironella, Álvarez de Castro ha priorizado las obras de reforzamiento de los puntos más débiles de la ciudad, construyendo en los parajes adecuados algunas baterías teniendo en cuenta los prudentes y sabios consejos de Minalli en materia artillera. Incluso ha situado una de dos cañones encima de la bóveda de la catedral. Y aunque la excelente artillería francesa ha descompuesto algunas de estas piezas, la visión de los cañones de la catedral y el constante fuego de fusilería desde las trinchera y parapetos españoles les dejan muy claro a los *mesiés* cuál va a ser el recibimiento, una vez se dignen rendir la ineludible visita a la plaza. Pero el viejo león, aunque siempre ha estado dispuesto a combatir hasta el final, no se llama a engaño sobre la capacidad de resistencia de sus cada día más menguadas fuerzas y ha solicitado a las autoridades del Principado que acudan en socorro de Gerona. Para ese urgente menester ha comisionado al coronel O'Donell.

Y en eso anda el general Blake, quien después de su desastrosa campaña de Aragón, ha regresado a hacerse cargo de la situación militar de Cataluña y, tras entrevistarse con el emisario de Álvarez, ha prometido a este auxiliar la devastada plaza catalana. Desde Vic, donde ha establecido su cuartel general, trata de ultimar el plan que le permita cumplir con la empresa prometida. Para ello ha sumado a su división las partidas y los somatenes que *avispean* por toda la comarca. Con aquella fuerza considerable tiene previsto dejarse ver por Sant Hilari y el paraje de la ermita del Padró. Pretende que los franceses crean que ese va a ser el punto por donde va a atacar en su intención de llegar a Gerona. Sus verdaderas intenciones, sin embargo, son otras. Hacia Bruñolas enviará una fuerza de más de 1200 hombres al mando de O'Donell y, por el lado opuesto, enviará a Llauder a la ermita de los Ángeles. Los guerrilleros Robira y Clarós, entretanto, deberán distraer a los franceses por la margen izquierda del Ter. Si todo aquel entramado estratégico sale bien —la guerra sobre los mapas siempre es perfecta y no hay general que en ellos pierda una batalla—, la columna que ha de llegar a Gerona pasará por donde menos esperan los generales de Napoleón.

Pero Saint-Cyr, que ya está sobre aviso acerca de los movimientos de Blake, va a tomar sus medidas para impedir que el auxilio proyectado llegue a esa maldita plaza. Sin él, la ciudad caerá en cuestión de días. Sin embargo, en aquel instante, su interés se centra en un prurito personal. Acaba conocer a través de un documento sellado proveniente del propio gabinete del emperador cómo se las gasta su compañero de armas, Verdier, en asuntos de méritos militares.

—*Ce Verdier est un vrai cochon*[13].

---

[13]Este Verdier es un verdadero cerdo.

Cuando cesan los bombardeos franceses, Mas se incorpora de su rincón de sombras y comprueba metódicamente que la alacena esté perfectamente sellada. Puede oír el trasiego de las ratas a través de la pared, al acecho. Luego abandona el espacio lóbrego sótano y recorre sigiloso las dos plantas de la casa. Revisa minuciosamente cada habitación, cada puerta, cada ventana en busca de un resquicio por el que puedan colarse los roedores. Sabe que lo vigilan con sus ojillos malignos desde hace días, que celan sus provisiones atesoradas con esmero durante este último año.

Y ya sentado en su gabinete, a la mísera luz de una vela diminuta, toma unas amarillentas cuartillas de papel, moja la pluma en el tintero y escribe.

*A las Ilustrísimas Autoridades de S. M.
el Rey D. José I en el Principado de Cataluña*

Mi nombre es Arturo Mas, vecino de la ciudad de Gerona y fidelísimo servidor de Su Majestad el rey José y de su noble hermano y benefactor de España, el Emperador Napoleón. Han sido ustedes testigos de cómo la hez de aquella España caduca, oscura y retrasada, contraviniendo incluso los legítimos y acertados acuerdos rubricados en Fontainebleu y Bayona por la anterior monarquía, ha soliviantado mediante engaños los ánimos del noble pueblo español precipitándolo a una guerra suicida, a pesar de los sinceros deseos de paz del Emperador y de las políticas abnegadas de nuestro rey José I.

También conocen Sus Ilustrísimas, sin embargo, la adhesión inquebrantable que los verdaderos patriotas hemos mantenido hacia Su Majestad y sus legítimas autoridades, ofrendando sin dudar, y en desprendido y generoso riesgo, nuestras vidas y haciendas a la causa de la libertad, el progreso y la paz que encarna nuestro amado y serenísimo monarca.

Llegada, pues, la hora de elevar a España de las tinieblas a la que se ha visto sometida durante siglos, es de nuevo un deber ineludible de todo buen español seguir colaborando en la limpieza y edificación de nuestra maltrecha nación, poniendo en conocimiento de las autoridades competentes toda actitud pasada y presente de aquellos quienes, emboscados ahora entre las sombras de su merecidísima derrota, supongan un peligro latente para nuestra felicidad futura.

No duden Sus Ilustrísimas en requerirme para tan ardua e imprescindible tarea, que este modesto servidor de S. M. sabrá estar a la altura de dicho cometido.

Dios guarde a Sus Ilustrísimas y a nuestro rey D. José I Bonaparte.

En Gerona, a 31 de agosto de 1809
Fdo: Arturo Mas.

Tras terminar la escritura de aquella misiva, le aplica el secante con primorosa pulcritud y la observa detenidamente. Pero no lee. A través de ella ve inmerso en un futuro pleno de reconocimiento social, de poder… y de venganza.

—Se va acercando la hora, Isabel. Se va acercando la hora…

La reanudación de los cañonazos franceses lo sacan de su ensoñación. Arturo Mas dobla la carta precipitadamente y, levantándose urgido de la silla, corre a refugiarse nuevamente en el sótano.

MEMORIAL HISTÓRICO DE LOS SUCESOS MÁS NOTABLES DE ARMAS Y ESTADO DE LA SALUD PÚBLICA DURANTE EL ÚLTIMO SITIO DE LA PLAZA DE GERONA

D. Juan Andrés Nieto Samaniego
Doctor en Medicina y Cirugía, Cirujano-Médico consultor de los Reales Ejércitos y Jefe de su facultad en la citada Plaza durante el referido sitio.

Agosto

«En el decurso de este mes no menos que en el siguiente Hubo una fatal propensión y mucha facilidad en gangrenarse y hacerse pútridas y verminosas las úlceras procedentes de heridas dislacerantes, y las contusas: fue necesario abandonar los fomentos simples emolientes en los casos de su indicación, porque favorecían la producción de gusanos en los apósitos y úlceras.

Con estos motivos los gases resultantes de las llagas, ya por su qualidad, y ya por la quantidad hacían fétida y perniciosa la atmósfera, principalmente en el Hospital de San Pedro y pisos baxos de San Martín, por su poca ventilación y no haber más medios químicos de desinfeccionar la atmósfera, que los muy triviales y ineficaces; *los medios mecánicos mil veces dictados por los facultativos, otras tantas suelen despreciarse y tenerse por impertinentes, y de ningún valor*, y de consiguiente no estando en manos de los custodios de la salud la fuerza para hacerlos executar, se abandonan en común perjuicio.

Las fiebres estivales eran demasiado comunes en la guarnición, y picaban enervosas ya a fines de este mes: iban creciendo los apuros al mismo tiempo que se disminuían los recursos y medios de salud, con lo que se hacía más lastimable nuestra situación. En los hospitales de Medicina, se aumentaba considerablemente el número de enfermos y las fiebres comenzaban a tomar mal semblante.

Las enfermedades quirúrgicas, se complicaban con las enfermedades reynantes, *y el gravoso cuydado de los facultativos crecía como era consiguiente en razón directa de las enfermedades;* varios de ellos habían ya enfermado en las tareas de su profesión: comenzaban a escasear los recursos de Farmacia: La multiplicación de enfermos disminuía necesariamente el número de defensores, y los pocos que tenía la plaza, solo se habían reforzado con unos 700 hombres, que consiguieron quasi impunemente penetrar por las líneas enemigas hasta la plaza; es verdad que el servicio practicado por las compañías Gerundenses, proyectadas, creadas é instruidas por el genio militar del Excelentísimo Señor Don Enrique O'Donell, entonces coronel del Regimiento de infantería de Ultonia, concurrió en quanto lo permitía su número y circunstancias al alivio de la tropa.

El estado de los hospitales a cargo de la Medicina quirúrgica, era á fines de este mes como se vé.

Entrados: 216
Salidos: 154
Muertos: 79
Existentes. 373

Clases de enfermedades que padecen:
Heridos, fracturados y quemados: 355
Galicados: 3
Males varios: 15»

En la Plana de Vic, el 1 septiembre ha amanecido cubierto por un espeso manto de niebla. Fenómeno común en aquella geografía, al cabo Curro no le gusta demasiado; como no le gusta en absoluto aquel clima húmedo y pegajoso que le penetra hasta lo más profundo de los huesos y hace que tenga frío permanentemente. Y eso que aún es verano. Así que cuando recibe la orden del sargento Peláez de mover el culo con la afabilidad acostumbrada, al malagueño le embarga un reconfortante sentimiento de liberación. Sentimiento que se disipa enseguida en cuanto repara en el gesto hosco y sombrío de su sargento. Tras varios años juntos en el ejército, conoce al suboficial como se reconocen mutuamente los dos componentes de un matrimonio felizmente mal avenido. El cabo Curro se abstiene en esta ocasión, en contra de su inveterada costumbre, de preguntar el destino que le aguarda. Tiene el convencimiento, no obstante, de que no va a ser un agradable paseo. Y *Currocabo* no se equivoca.

El general Blake ha dispuesto que cuatro mil hombres, dos mil caballos y dos mil acémilas cargadas de provisiones, se dirijan hacia Gerona siguiendo la margen derecha del Ter al mando del general D. Jaime García Conde. El resto de fuerzas se encargará de las operaciones de distracción. Y aunque Blake es consciente de que engañar a Saint- Cyr y a Verdier al mismo tiempo no va a resultar sencillo, confía en que la prepotencia de los militares napoleónicos le eche una mano.

Saint-Cyr, en cualquier caso, ha salido al encuentro de los españoles en Bruñolas después de reagrupar sus fuerzas desperdigadas por el territorio en busca de sustento. La acumulación de tropas españolas en aquel lugar y varios ataques serios organizados por O'Donell a aquella posición, ha llevado al galo a convencerse de que ese va a ser el punto que se pretender forzar para llevar el auxilio a la plaza sitiada. Y allí lleva toda una irritante y desapacible mañana, intentando provocar un ataque hispano sobre sus posiciones que le permita contraatacar y darle una lección de elegancia estratégica a aquellos generalotes aldeanos. Pero al más mínimo movimiento de las unidades de su ejército, las tropas de Blake se repliegan hacia sus líneas sin disparar un solo tiro. *C'est ennuyeux, pour l'amour de Dieu*[14].

A las tres de la tarde, Saint-Cyr, viendo que va a resultar imposible entablar batalla decide regresar, acompañado por parte de su estado mayor y un humor de perros, a Fornells. Allí su humor va a transformarse en furia.

Hacia la hora del Ángelus, el ejército del general García Conde avista Salt, a tiro de piedra de Gerona, sin que hasta

---

[14]Qué aburrimiento, por el amor de Dios.

ese momento nadie le haya molestado en su recorrido. Señal, por otra parte, de que Clarós y Robira han ejecutado su parte del plan a la perfección. La guarnición francesa de aquella localidad, que no espera tan nutrida y agresiva visita, se encuentra prácticamente ociosa y desorganizada. Cuando su coronel es consciente de lo que se le viene encima, ya es demasiado tarde para organizar una defensa en condiciones. Los españoles cargan a la bayoneta.

—Vamos a por ellos, Curro —arenga a su cabo el sargento Peláez—. Que paguen lo que nos están haciendo pasar.

Curro, que no es precisamente un convencido de este tipo de armamento para enfrentar al enemigo, se palpa instintivamente el bolsillo de su guerrera. Allí descansa en reserva su vieja y cuidada navaja de palmo y cuarto de hoja, con la que se desenvuelve a la perfección en el cuerpo a cuerpo. De su nivel de eficiencia con el arma blanca podría dar fe algún confiado capitán *franchute* blandiendo sable. Pero los muertos no hablan, a no ser con el diablo. Las bayonetas imponen a dos metros. Pero una vez que uno las esquiva y consigue abrazarse a su portador, este es hombre muerto. Por lo común en esa trágica coyuntura, el infante francés mira primero con asombro cómo su enemigo se deshace incomprensiblemente de su arma para, seguidamente, caer sobre él como una garduña. Y ya, por mucho que manotee y chille para quitarse de encima a aquella alimaña, no hay nada que hacer: el acero de Albacete, menos imperial que el de Toledo pero igualmente efectivo, hace su eficiente trabajo entrando por las costillas hasta el corvejón del desgraciado *enfant de la patrie. Et au revoir, monde cruel*.

Si fuera reglamentario, *Currocabo* cargaría navaja en mano. Pero la guerra tiene sus normas.

Y sus liturgias.

En menos de lo que canta un gallo, la vanguardia de infantes de García Conde arrolla en Salt a todo lo que se le pone por delante. Y los franceses terminan por huir en total desorden en busca de protección hacia el cuartel del general Saint-

Cyr. Los tiradores imperiales, no obstante, con su buena puntería y sus excelentes mosquetes hacen todo el daño que pueden al convoy. Pero los españoles tenían orden de pasar como fuera y han pasado. Por los campos de Salt y de Santa Eugenia, los bravos de Austerlitz quedan desperdigados y tienen que esconderse en los parajes más inverosímiles para salvar su vida o evitar ser capturados. Algunos, en ese tesón tan comprensible, tratan de camuflarse introduciéndose dentro de las balas de paja que hay diseminadas por los rastrojos. Las tropas españolas se permiten el lujo de hacer una docena de prisioneros.

A primera hora de la tarde, los españoles entran en Gerona, exhaustos, pero casi intactos. García Conde deja en la plaza las provisiones, las acémilas y 3287 soldados que reforzarán la maltrecha guarnición. El resto se regresa con su victorioso general por donde ha venido. La lucha contra el invasor también debe continuar extramuros.

Cuando el cabo Curro descubre apesadumbrado que su compañía no ha sido de las agraciadas con el regreso a su campamento en los llanos de Vic, no puede contener un lamento.

—¿Rompemos las líneas francesas para encerrarnos en esta ratonera?

—Esa es la mala noticia —le concede el sargento Peláez.

—¿Y cuál es la buena?

—Ninguna. Mira a tu alrededor.

Saint-Cyr no da crédito a lo que ven sus ojos a su regreso a Fornells. Hasta allí ha ido a parar lo que ha quedado de la división de Lecchi y que él había dejado apostada en Salt. El convoy, no necesita que nadie se lo aclare, ha pasado por aquel lugar en dirección hacia Gerona como una exhalación. Y para colmo, los guerrilleros, esos malditos e insoportables granos de su culo que aparecen y desaparecen cuando les place, han hecho de las suyas. Clarós ha llegado hasta Sant

Medir, y Robira se ha permitido la desfachatez de tomar Montagut, donde un miguelete se ha cobrado la vida del general Hadeln con su propia espada. Si los españoles, esa gentuza navajera, ya se permite hasta vencernos en el noble y caballeroso arte de la esgrima —¡Por Dios, un soldado zarrapastroso contra un general del Emperador! ¡Pero qué clase de guerra es esta!—, es mejor apagar las velas y volvernos a París.

—¿¡¡Y qué han hecho ustedes!!? —vocifera ante su estado mayor—. Perseguir sombras como reclutas inexpertos. Sabíamos que iban a tratar de entrar un convoy en la maldita plaza. Y yo, junto con el general Verdier, que hoy, desde luego, no va escribir a París ningún panegírico en su honor —el gran Saint-Cyr no puede reprimir el agravio que atesora tan profundamente en el fondo de su corazón y lanza a Verdier una mirada de odio que el susodicho recibe con una tensión mandibular fuera de lo común—, lo habíamos previsto todo perfectamente. Solo tenían que estar vigilantes. Pero no, señores, han sido ustedes negligentes. Y lo peor: ¡¡¡Me han hecho hacer el ridículo!!! ¡¡¡*Merde, merde, merde et mille fois merde!!!*[15]

Y el gran Saint-Cyr se deja caer agotado sobre su silla agotado por su ataque de ira, y con un gesto displicente de su mano pide que lo dejen solo. Verdier, sin embargo, desobedece ostensiblemente y permanece en la habitación con un claro aire retador. Saint-Cyr le aclara las cosas.

—*Qu'est-ce qu'il y a, général? Tu veux me mettre au défi de faire un duel? Parce que, si c'est le cas, je suis déjà devant toi qu'avant d'accepter cette pantomime, je suis prêt à former une cour martiale et à la tirer sans cérémonie. Et pas nécessairement dans cet ordre. Alors sors de mon bureau et va pleurer l'Empereur*[16].

El vencedor de Montjuich le lanza una mueca de desprecio, hace chocar sus tacones y, antes de salir de la habitación, murmura en un tono perfectamente audible:

---

[15]Mierda, mierda, mierda y mil veces mierda.

—*Ce sera un miracle qu'avec ces généraux idiots Napoléon ne perde pas avant la Corse*[17].

En Gerona, Álvarez de Castro no ha permanecido inactivo en cuanto ha tenido noticia de la llegada del convoy. Rápidamente ha ordenado formar una columna al mando de D. Blas de Fournás para salir a su encuentro y proteger su entrada a la ciudad. Esta salida tiene, además, otro objetivo de gran importancia: llegar a los molinos cortados desde el principio por los sitiadores y procurar reabastecerlos de agua para tratar de paliar la penuria de harinas.

A su vez ha organizado toda una serie de acciones para distraer la atención del enemigo apostado en Montjuich. Desde la ribera del Ter también se tirotea con intensidad a las fuerzas francesas para impedir que estas puedan hacer daño a la caravana.

Y aunque la presencia de estos refuerzos tan deseados resulta reconfortante, al Gobernador no se le escapa un inquietante detalle que viene a enturbiar el goce del momento: el convoy solo trae provisiones para quince días. Y las noticias que le llegan de los molinos son desalentadoras. Las obras que hay que realizar son de una envergadura notable y los franceses los tienen a tiro de mosquete. Es misión imposible. El fantasma del hambre agranda aún más su sombra sobre la ciudad de Gerona.

Aunque el problema más inmediato, y no precisamente pequeño, son las baterías francesas. Estas están concentrando

---

[16]¿Qué le ocurre, general? ¿Quiere retarme a un duelo? Porque, si es así, ya le adelanto que antes de aceptarle esa pantomima estoy dispuesto a formarle un consejo de guerra y fusilarlo sin contemplaciones. Y no necesariamente en ese orden. Así que lárguese de mi despacho y vaya a llorarle al Emperador.

[17]Será un milagro que con estos generales idiotas Napoleón no pierda hasta Córcega.

toda su potencia de fuego sobre tres puntos esenciales: Santa Lucía, San Cristóbal y el Cuartel de Alemanes. Este último enclave tiene por fundamentos los viejos sillares de la muralla, por lo que la intención de los artilleros imperiales parece evidente; que las ruinas del edificio faciliten, en su derrumbe, la entrada de la infantería por la brecha.

Aunque, desde luego, los defensores no se quedan de brazos cruzados ante aquella lluvia de proyectiles. Y responden con todo lo que tienen. Muy inferior en número, en calibre y en calidad, la menguada artillería española responde desde la catedral, desde sarracinas y desde la torre Gironella. El fuego de la fusilería española también cumple con el cometido de mantener a raya cualquier intento de aproximación de la infantería napoleónica. Esta, agazapada tras sus líneas, espera su momento.

Conforme pasan los días, se hace cada vez más evidente el deterioro que las bombas francesas causan sobre el perímetro defensivo. Este ya no es más que una tortuosa línea de cascotes y de ruinas tras la que se agazapan unos pocos miles de defensores hambrientos. A estas alturas, a ningún gerundense se le escapa —y menos a su Gobernador— que el asalto definitivo a Gerona es inminente. Y el día catorce, Álvarez de Castro toma una decisión que lleva madurando desde la entrada a la plaza de los refuerzos. Sabe que es su última baza. Y también que ha llegado el momento de jugarla.

Hace horas que cayó la noche sobre la plaza del vino. Allí, silenciosos y en formación de batalla al mando de D. Blas de Fournás, se haya lo más granado de los defensores de Gerona. Cada comandante ha sido instruido de los detalles de tan delicada misión y ahora estos explican a sus hombres los pormenores de aquel golpe de mano.

—Usted no se pierde una fiesta, fraile —susurran a la espalda del Hermano Eustaquio.

El interpelado se gira despacio y se encuentra con la mirada serena de un Balaguer que lleva su vieja escopeta de caza en bandolera sobre su espalda.

—Las fiestas son divertimentos prosaicos vedados convenientemente a la dignidad de mis hábitos —responde el impostado dominico en tono irónicamente pontifical. Para añadir tras una pausa—: Pero para una expedición nocturna de caza mayor, siempre que sea en la loable defensa de la Religión Verdadera, encuentro invariablemente la necesaria dispensa y bendición de mis superiores.

Balaguer esboza una sonrisa y el antiguo bandido, tras una leve inclinación de cabeza, vuelve a su posición original.

En otra formación, no muy lejos de los dos guerrilleros, *Currocabo* observa con aprensión la oscuridad espesa que envuelve las laderas de las montañas que circundan la ciudad. Pertrechado con dos martillos y una bolsa de clavos, al malagueño no termina de convencerle una misión en la que, en plena noche, debe ir sorteando parapetos, cortaduras, empalizadas y otras obras de defensa enemigas para lanzarse a pecho descubierto contra las bocas de unos cañones que, no es difícil imaginar, no van a permanecer en silencio en cuanto sus artilleros se aperciban de lo que se les viene encima.

Un palmeo entre amistoso y amenazador en su hombro devuelve a la realidad al cabo Hernández.

—¿Le da miedo la oscuridad, cabo? —ronronea el sargento al oído del soldado—. En caso afirmativo es su noche de suerte.

Y es que no hay nadie como el sargento Peláez para reconfortar espíritus e insuflar ánimos. El cabo Curro lanza una fugaz mirada de rencor a su suboficial y opta por el silencio.

—¿Lleva su navaja, cabo? —inquiere a continuación el sargento señalando con un golpe de cabeza hacia la guerrera del cabo Hernández.

—Creía que no era reglamentaria en combate, mi sargento —responde a la defensiva el cabo sin dejar de mirar al frente.

—No me toques los cojones, Curro. ¿Desde cuándo cumples tú el reglamento? —El cabo Francisco Hernández vuelve a sumirse en un defensivo silencio que impacienta a su sargento—. ¿La llevas o no, Curro? —Y *Currocabo* asiente—. Bien, porque hoy te va a hacer más falta que nunca —le confiesa brutalmente el sargento Peláez.

Otro sargento que también ha resultado agraciado con la participación en la salida es Sean McHarrell. Algo repuesto de los estragos de Montjuic, se atusa con parsimonia sus rubios bigotes mientras pasa revista a los cinco hombres del Regimiento de Ultonia que van a acompañarlo en aquella suerte. Dispuesto a jugarse la vida sin perder la calma, no se atreve sin embargo a mirar de frente a Josefina Virués, quien anda por allí de servicio junto con otras amazonas de la Compañía de Santa Bárbara. La joven gerundense estruja el delantal de su vestido para contener su nerviosismo. Y su miedo.

McHarrell lanza una mirada significativa a su capitán que, aunque no es de la partida esa noche, ha querido acompañar en todo momento a sus hombres con los que lleva combatiendo más de un año. O'Sullivan se acerca lentamente hasta donde se encuentra su sargento.

—¿Qué ocurre, sargento?

—Nos estamos demorando mucho en salir. No es buena señal.

El capitán O'Sullivan frunce los labios; comparte la opinión de su suboficial.

—Esperemos que los de ahí enfrente —dice señalando con un gesto de su cabeza hacia la oscuridad de extramuros— no hayan reparado en nuestros movimientos.

—Si están sobre aviso, nos dirigimos a nuestro propio fusilamiento —advierte en un murmullo ronco el sargento irlandés.

El oficial, que conoce de sobra el temple de Sean McHarrell, sabe que algo inquieta profundamente al sargento; y que no es ni miedo al combate ni un ataque de cobardía.

—¿Qué le preocupa, sargento?

El pelirrojo irlandés traga saliva.

—Josefina —confiesa.

El capitán O'Sullivan asiente despacio. Ya ha entendido la petición de su suboficial y no hacen falta más palabras.

—Suerte, sargento. Esperamos su regreso.

Y de repente, todos los murmullos cesan. Se ha dado la orden de avanzar y los comandos se dirigen hacia la puerta de San Pedro que, tras la caída de Montjuich, permanece clausurada. Los zapadores facilitan su franqueo y los grupos de hombres armados se encaminan hasta la plazuela de San Pedro de Galligans. Aquel es el punto de partida del ataque. El coronel Fournás se sitúa al frente de sus hombres y ordena calar las bayonetas mientras desenvaina su sable. Es el primero en lanzarse sobre las líneas enemigas.

Los franceses se aperciben del ataque cuando los primeros estragos de los españoles son ya irremediables. El comando del sargento McHarrell logra clavar dos cañones e inutilizar sus respectivas cureñas sin que sus artilleros de guardia puedan tener opción de defender sus piezas ni sus vidas, que se truncan ante las eficientes bayonetas de los aguerridos soldados del Ultonia.

La partida de Balaguer y *Sierra Larga* —el Hermano Eustaquio no existe en combate—, no son menos efectivos que sus compañeros irlandeses. Pero sus armas son más ruidosas y la destrucción de la batería que les ha tocado en suerte se lleva a cabo a escopetazo limpio. No son los únicos en aquel golpe de mano que están protegiendo sus vidas y las de los encargados de inutilizar las piezas artilleras con fuego de fusilería. Pero eso pone fin al elemento sorpresa y los imperiales se aprestan a responder a la desfachatez española a cañonazo limpio.

El comando del sargento Peláez logra alcanzar su primer objetivo cuando los artilleros franceses ya están cebando el cañón para soltar su primera andanada mortífera. Rodeando el parapeto, el suboficial español se encarama sobre los sacos terreros que protegen la batería y suelta un pistoletazo. Casi al mismo tiempo dos de sus soldados se abalanzan sobre la posición con la bayoneta calada y el cabo Curro, que los sigue de cerca martillo en ristre, golpea la primera cabeza gabacha que se le pone por delante. Pero no es un asalto limpio. Los soldados que sirven el cañón se defienden y se entabla una lucha confusa. *Currocabo* logra clavar el cañón, pero sobre él cae un enorme soldado de bigotes fieros que lo agarra del cuello y lo acogota brutalmente sobre la cureña. El pequeño soldado español siente cómo el aire deja de asistir a sus pulmones y cómo su cuello parece a punto de quebrarse. Forcejea, pero no puede zafarse de aquel abrazo mortal. Si uno de sus camaradas no lo remedia y lo auxilia, aquí se acaba la guerra para él. La vista se le nubla inevitablemente.

Sin embargo, haciendo acopio de sus últimas energías, desliza su mano derecha en el interior del bolsillo de su guerrera y el tacto frío de las cachas de su navaja le ofrece un atisbo de esperanza. Saca su mano del uniforme y con un golpe seco de muñeca logra que la hoja quede libre. Seguidamente, concentra sus energías en el músculo de su brazo y apuñala al francés por debajo de la axila. Este, herido de muerte, reacciona con una sacudida de su cuerpo y afloja la presa. Se levanta pesadamente con cara de incredulidad y cae de rodillas antes de que la muerte se apropie definitivamente de su vida. Y mientras el cabo Curro tose y trata de tomar aire para incorporarse y poder largarse de allí, uno de sus compañeros del Regimiento de Borbón acelera el tránsito hacia la otra vida del agonizante soldado imperial de un culatazo en la cabeza. *A buenas horas*, piensa el maltrecho malagueño.

Luego, las manos como garfios del siempre afable sargento Peláez lo agarran de la pechera zarandeándolo. No es momento para reflexiones.

—¡Vamos, Curro, coño! ¡Que no tenemos toda la noche! Hay que volver a nuestras líneas echando hostias.

Tras el golpe de mano, las partidas tratan de escabullirse hacia la ciudad bajo el intenso fuego de las baterías francesas. Quienes peor lo pasan en este trance son aquellos que, bien por lentitud o por la lejanía de sus objetivos, no han alcanzado su destino y quedan ahora expuestos a los obuses y al plomo de los fusileros napoleónicos. Con todo, y a pesar del peligro de aquella acción, los españoles no salen mal librados del todo. Sin embargo, el golpe de mano no ha sido todo lo fructífero que se esperaba. Apenas se han destruido un puñado de piezas de artillería que los franceses, sin duda, van a reponer pronto; con lo que la presión sobre la plaza no va a variar.

El coronel inglés Marshall, que ha seguido la acción de cerca, es el primero en valorar el resultado.

—Qué gran victoria hemos perdido… —se lamenta ante la mirada hierática de Álvarez de Castro.

—Me temo que solo hemos logrado detenerlos durante unas horas —admite el Gobernador.

También es la noche que Arturo Mas ha elegido para comenzar su venganza. Sabe que el pescador estará en la plaza del vino, con todos esos palurdos meapilas; los verdaderos responsables, a la postre, de todo el padecimiento por el que atraviesa la ciudad. Y aunque ese maldito ha tenido mucha suerte hasta ahora, es probable que esta noche encuentre su merecido final, sea lo que fuere que vayan a intentar esos necios.

Pero conviene tener mucho cuidado ahí fuera. Porque no faltan quienes llevados de un ardor patriótico desbocado ven afrancesados en cada esquina.

En su aposento, a la luz de una mísera vela, se viste despacio. Deshecha su pantalón de corte moderno, su gruesa levita, su capa y su chistera y se enfunda en las viejas ropas de payés que pertenecieron a su padre: pantalón corto y medias, faja, camisa y chaleco. Sobre el hombro se echa una vieja manta apolillada y se cubre la cabeza con una barretina mugrienta que le va demasiado grande.

Se observa detenidamente en el espejo y se siente ridículo.

Eso lo enfurece y lo anega de ira. Pero con ese embozo y entre las sombras de la noche nadie lo molestará. Luego se dirige al arcón y extrae de él un puñal que guarda, tras contemplar la hoja unos instantes, entre los pliegues del fajín.

—Voy a marcarte como si fueras una res, Isabelita. Porque eres de mi propiedad... Pero eso solo será el principio... El comienzo de un sufrimiento que aún no imaginas...

Arturo Mas trata de ahogar la risa incontenible que le embarga. Pero ese esfuerzo le provoca aquellas malditas convulsiones que padece en los últimos tiempos y se ve forzado a postrarse en el suelo para contenerlas. Luego pierde el sentido.

Lo despierta de sus pesadillas los cañonazos franceses. Está bañado en sudor. Pero el estallido de los obuses lo pone de un inmediato buen humor. Es música para sus oídos. Y sentado en el suelo, con la espalda apoyada en el arcón, agita sus manos temblorosas entre las tinieblas de su habitación como si dirigiera una orquesta.

Intuye, sin embargo, que ya debe ponerse en marcha. Y reacomodando su indumentaria sale de su dormitorio, baja las lóbregas escaleras y sale ufano al fresco de la noche.

Camina despacio entre las calles malolientes envuelto en la manta que cubre parte de su rostro. De trecho en trecho palpa su fajín. El tacto duro del metal lo reconforta. Aunque echa de menos el rugido de la artillería francesa, que parece haberse tomado un respiro. Y casi sin darse cuenta alcanza el umbral de la puerta de la casa de los Llobet.

Hay un instante de duda. Y sigue caminando lentamente hacia el final de la calle. Nadie. Entonces regresa como una alimaña sigilosa hasta la fachada que había dejado atrás hace unos momentos. Saca el puñal de su fajín y golpea suavemente con la empuñadora la madera de la puerta.

Al otro lado, Isabel Llobet está sentada desde hace horas en una silla de anea, mirando la pared. Su padre duerme. Los golpes, aunque tenues, la sobresaltan.

—¿Eres tú, Quim? —pronuncia con un hilo de voz temblorosa.

—Traigo un mensaje.

Es la escueta respuesta que escucha la mujer, quien se levanta y camina hacia la puerta invadida por la angustia. Teme lo peor. Y lo peor acecha en el umbral. Aunque no en la manera que ella piensa.

Balaguer y *Sierra Larga* han logrado alcanzar las primeras líneas de defensa de la ciudad. Exhaustos, apoyan las espaldas en una de las casonas que circundan la pequeña plaza de la que partió aquel golpe de mano. Por alguna razón, aún quedan en el lugar algunos paisanos provistos con recipientes de combustible que no han llegado a participar siquiera de la acción. Al antiguo bandido no le pasa por alto lo anómalo de la situación.

—Algo no ha ido bien —sentencia.

—Pues nuestras condiciones no son las más óptimas como para dar ventajas a los franceses —se queja Balaguer.

Sierra Larga cabecea desolado.

—Ya no tiene remedio... —se resigna el antes forajido—. Marchémonos, usted a su casa y yo al convento. Le acompañaré un trecho, si me lo permite.

—Será la única vez que caminemos juntos sin tener que prevenirnos de las balas de los gabachos.

—A no mucho tardar vamos a tener que volver a nuestras viejas costumbres, no tema por eso.

Y ambos hombres, instintivamente, echan a caminar en dirección al convento de los dominicos.

—¿No pretenderá usted tomar los hábitos? —bromea el Hermano Eustaquio cuando se apercibe del rumbo que llevan.

—Tengo intereses mundanos, uno en tierra y otro en el mar, incompatibles con la dignidad que vuestra paternidad ostenta.

El dominico suelta un bufido sarcástico.

—Apuesto a que su interés terrenal lleva faldas, ¿me equivoco?

—Es usted un lince, Hermano.

Una alimaña, piensa para sí el fraile.

—¿Y a qué piensa dedicarse usted cuando esto acabe?

—¿Cuándo expulsemos a los franceses? —El dominico asiente—. Volveré al mar. Soy pescador.

Sierra Larga está a punto de confesarle a su amigo de combate que no ha visto nunca el mar, que lo suyo ha sido siempre el risco, las roquedas, los caminos de barro entre montañas; el mar de pinos, que es distinto al mar de agua.

Pero Quim Balaguer se ha detenido. Su cuerpo se ha tensado en una alerta máxima. En un instante su rostro se desfigurado en una mueca de angustia.

—La puerta… está abierta… —musita.

Y el pescador corre hacia la casona como una exhalación. *Sierra Larga* sigue su estela a media carrera mientras echa mano a su pistola.

Isabel ve su rostro, su palidez enfermiza y temblorosa, su siniestra sonrisa, cuando ya es demasiado tarde, cuando el puñal presiona la piel de su cuello y la obliga a retroceder hacia el interior de la vivienda hasta que su espalda choca con la pared del hogar. El hombre deja entonces de presionar con el puñal y acerca su cara a la de la mujer. Esta percibe el aliento fétido de su boca y gira su cuello. No quiere aspirar su hedor, no quiere sostener la mirada de aquel malvado que la huele como un perro en celo, que poco a poco aproxima su cuerpo al suyo mientras gime de deseo, que comienza a palparla con una avidez insana.

—Isa… belita… Niña mala… Te mataré si gritas. Vengo a por lo que me pertenece. Vengo a por ti… —masculla sordamente el hombre mientras trata rasgarle la blusa con la mano libre.

Isabel Llobet intenta protegerse cruzando los brazos sobre su torso, sin atreverse a gritar. Solloza quedamente. Pero ese sucio forcejeo ha producido el ruido suficiente como para que el anciano despierte.

—¡Suelta a mi hija, canalla!

La voz a su espalda sorprende a Mas. Había olvidado al viejo. Rápidamente retira el puñal y agarra con su mano izquierda el cuello de la muchacha, extiende su brazo derecho y amenaza al hombre con la daga.

—Si se acerca, le rompo el cuello a su dulce niña —ríe nerviosamente Mas.

—¡Suéltela, miserable! —brama Narciso Llobet quien, a pesar de su estado, no duda en enfrentarse en una lucha abierta al agresor de su hija. Pero sin apenas fuerzas, solo puede inmolarse con la esperanza de que su hija logre escapar. Y da un torpe paso al frente.

—¡No… padre…! —solloza Isabel en un grito ahogado.

Arturo Mas empuja a la muchacha brutalmente y esta cae al suelo golpeándose la cabeza. El anciano da otro paso decidido. Pero no puede dar un tercero porque una puñalada mortal le entra por debajo del esternón. Narciso Llobet se desploma en el suelo sin vida.

El asesino se revuelve ahora contra la mujer, que yace conmocionada en el suelo, inconsciente aún del trágico final de su padre. La contempla unos segundos, embelesado ante su belleza indefensa.

—Sí, Isabel —susurra triunfante—. Así me gustas, obediente… sumisa… sometida… a mi merced.

Mas se arrodilla y acaricia el rostro blanco de la muchacha. Luego, preso de una furia incontenible, comienza a arrancarle la ropa a tirones. Isabel apenas puede oponer resistencia ante la fuerza del hombre e intenta arañarle la cara. El puñal ensangrentado vuelve a hendir amenazadoramente la piel de su cuello.

—¡Quieta, maldita ramera…!

La puerta de la casa se abre de par en par sobresaltando al agresor. En el umbral se recorta la figura de un hombre que porta en sus manos una vieja escopeta de caza. Y el cuerpo de Arturo Mas comienza a temblar inconteniblemente. El miedo lo paraliza.

Isabel Llobet aprovecha ese momento para zafarse del hombre y, haciendo acopio de todas sus fuerzas, se incorpora e intenta correr hasta la protección que le ofrece su pescador. Es su única oportunidad.

Mas se percata entonces de que su venganza se le escapa entre los dedos y lanza una puñalada que rasga las faldas de la mujer. No llega a lanzar una segunda estocada porque Balaguer se adelanta a sus intenciones y le propina un culatazo en el rostro. El asaltante siente cómo sus dientes se parten y su boca se llena de sangre. Y desde el suelo contempla horrorizado la culata en alto que va a destrozar su cabeza. Por toda defensa gime, mientras trata de protegerse con sus brazos.

—¡No puede ser...! ¡No puede ser...! —chilla agudamente ante lo que parece su inminente final.

Sin embargo, en ese último momento, entre las brumas de su pánico, ve a un fraile que detiene con su mano el golpe mortal.

—No, Balaguer. No lo haga. Usted aún puede salvarse. Yo, en cambio, ya estoy condenado.

Arturo Mas, como un guiñapo sanguinolento en el suelo, se arrastra hasta los pies de su salvador en busca de protección y trata de besarlos. El dominico le lanza un puntapié que le rompe la nariz y el afrancesado vuelve a aullar de dolor.

—Debería matarlo ahora mismo —masculla Quim Balaguer lleno de ira.

—Déjemelo a mí.

Los ojos de *Sierra Larga* son dos ascuas feroces.

Por momentos, la tenue luz de la luna ilumina dos sombras que turban la paz del camposanto. Una, amordazada, semidesnuda y atada a un árbol, grita sofocada con los ojos desorbitados por el espanto. La otra, vestida con los hábitos de la orden de Santo Domingo, permanece impasible ante el hombre atormentado mientras juguetea con una daga entre sus manos. De improviso el fraile, sin inmutarse, clava un tercio de la hoja por debajo del esternón de su víctima y rasga hacia abajo su abdomen con lentitud y firmeza. El hombre se convulsiona y sus piernas se doblan hasta quedar sentado en medio de sus propias tripas.

Antes de abandonar el cementerio, *Sierra Larga* se dirige al niño que está sentado encima de una lápida.

—Pronto tendremos que separarnos. Para toda la eternidad.

El prior espera en el claustro la llegada de la oveja descarriada. *Sierra Larga* se dirige directamente al pozo. Pero ya no lo atrae su fondo. En él se refleja esa noche las luces azules y rojas que los obuses franceses producen al estallar por toda la ciudad. Extrae un cubo de agua y se deshace del hábito para lavarse bien la sangre que lleva adherida a su cuerpo. La impregnada en su alma no puede lavarse. El viejo abad lo observa en silencio.

—Sé que Su Paternidad me está observando. Acérquese de una vez. ¿O le turba mi desnudez? —escupe desabridamente el bandido.

El anciano guarda silencio y cuando Sierra Larga se gira, le ofrece un hábito limpio.

—No soy digno de esas ropas… Padre.

El prior mantiene los brazos extendidos con el hábito blanco de los dominicos perfectamente doblado entre ellos. Su mirada es serena. Y *Sierra Larga* se derrumba a los pies del clérigo, que ha sido padre y protector, y solloza largamente.

—Que Nuestro Señor te perdone, te bendiga y te proteja, hijo mío —musita el religioso mientras lo bendice—. Rezaré por ti.

Y el Hermano Eustaquio se hunde en un sopor profundo poblado de pesadillas del que sale cuando el sol está muy alto. Y por primera vez en su vida siente miedo.

Balaguer ha recogido del suelo a Isabel, que tiembla entre sus brazos de miedo y de dolor. A continuación la ha recostado sobre su camastro, ha restañado y limpiado con un trapo empapado en agua los arañazos de sus rodillas, de sus brazos y de su rostro y la ha tapado con una vieja manta. Ha permanecido sentado a su lado en silencio, tomándola de la mano, hasta que ha dejado de tiritar. Cuando su llanto se ha serenado, se ha incorporado para atender a los dos dominicos llegados desde el convento que amortajan el cuerpo del malogrado Narciso Llobet.

—Les agradezco su ayuda en este trance, hermanos. ¿Cómo han sabido…?

—Nos envía nuestro prior por súplica del Hermano Eustaquio. Sentimos la pérdida. ¿Era su padre?

Tras un instante de silencio, Balaguer responde.

—Era… mi suegro.

—Le ayudaremos a darle cristiana sepultura. No se preocupe.

Los dos días siguientes, el pescador permanece al lado de Isabel. Mientras los morteros de los sitiadores van reduciendo a cenizas centenares de casas. Cuando el toque de generala llega a sus oídos es la propia Isabel quien entrega a Quim Balaguer su vieja escopeta de caza.

—Nuestras vidas están en manos de Dios —musita afligida—. Rezaré para que vuelvas a mi lado. Cumple con tu deber de patriota.

Balaguer la abraza con fuerza y la besa con determinación en los labios. Luego, sin volver la vista atrás, camina a buen paso en dirección al cuartel de Alemanes en busca de su destino.

A Isabel Llobet el beso no le sabe a despedida, sino a una promesa de un futuro regreso.

Los franceses llevan tres días bombardeando Gerona casi

sin descanso. Sus obuses han destruido arrabales enteros y han hecho estragos muy cerca de la catedral. Los defensores de la plaza se encaraman entre los cascotes de las ruinas resueltos seguir defendiendo una ciudad que prácticamente ha dejado de existir. Las brechas abiertas en las defensas españolas por la artillería imperial son ya tan amplias que solo pueden obturarse con los propios pechos de los gerundenses. Y allí acude toda la población en condiciones de combatir: mujeres, niños, paisanos, frailes y soldados. Todos son conscientes de que la hora de la verdad se acerca.

En el cuartel general de Saint-Cyr, todos los informes de sus ingenieros coinciden: las obras de asalto han concluido con éxito y las brechas para tomar la ciudad son amplias y del todo practicables. El general francés, no obstante, decide darle una última oportunidad a Gerona.

Y el día 18 al atardecer envía una delegación compuesta por varios oficiales para intimar a las autoridades españolas a una rendición pactada. Los emisarios franceses parten del castillo de Montjuich en dirección a la plaza tras una bandera blanca. Entre un clamoroso silencio se escuchan las voces de los parlamentarios enviados por Saint-Cyr apelando a la paz y a la concordia.

Álvarez de Castro da la orden de que se le indique al parlamento galo que se vaya por donde ha venido. Este ruega que, al menos, se les permita entregar un escrito de su general dirigido al Gobernador. Pero Álvarez tiene tanto interés por la literatura francesa como por su cocina. Así que desde las líneas españolas se les vuelve a advertir que o se retiran de inmediato o peligrarán sus vidas. Y como quiera que los franceses siguen remoloneando y aproximándose a pasitos cortos hacia la plaza, desde el castillo del Condestable y la torre Gironella, los artilleros españoles les sueltan dos cañonazos que hacen que la embajada vuelva grupas y tome el camino de regreso con tanta celeridad como le permite su sentido de la dignidad. Y cuando Saint-Cyr es informado de lo infructuoso de su misión parlamentaria murmura:

—Je l'ai deviné. C'est impossible avec ces gens[18].

El general francés da la orden de asalto.

La negativa española a cualquier tipo de negociación tiene como inmediata respuesta un masivo y continuado bombardeo sobre la plaza. El castigo artillero no se trata solo de una represalia, sino de hacer más asequible el inminente asalto ampliando aún más, si cabe, las brechas practicadas; y, de paso, destruir las últimas obras de defensa realizadas por los españoles.

Las últimas horas de la tarde la aprovecha el ejército francés para iniciar los traslados de su infantería e ir tomando posiciones en las proximidades de la ciudad. Los cañones imperiales rugen durante toda la noche haciendo aún más estragos en las casas y en las almas de los defensores. En Gerona se respira el denso aire de los cementerios.

Los primeros rayos de sol recortan la silueta de los centinelas apostados entre las ruinas. Son los primeros en advertir los movimientos de las columnas napoleónicas. Con todo, la mañana transcurre sin mayor novedad. Es hacia las tres y media de la tarde cuando los despachos con novedades comienzan a llegar a la mesa de Álvarez de Castro. La guardia del campanario de la catedral avisa de que tropas enemigas descienden por el monte de Montjuich hasta San Daniel. E, inmediatamente, llegan otros dos partes, uno del castillo del Condestable y otro de Capuchinos con la misma información: los franceses se aproximan a las brechas llevando en vanguardia a sus zapadores. Los franceses se abalanzan sobre Gerona en un supremo esfuerzo. Los españoles les aguardan con la respiración contenida.

Y las armas en la mano.

---

[18] Lo suponía. Es imposible con esta gente.

El toque de generala convoca a toda la población al combate. Siguiendo las indicaciones de los mandos, los defensores acuden a las diferentes brechas por donde ya asoma el bosque de chacós franceses.

Balaguer llega a la brecha de Alemanes. El cuartel ha dejado de existir como tal y es ahora una enorme ruina donde ya hay un nutrido fuego de artillería y fusilería. El pescador se coloca entre un grupo de frailes dominicos que parece dirigir el Hermano Eustaquio y un grupo de soldados del Regimiento de Ultonia.

La primera acometida de la vanguardia francesa es tan brutal, que una docena de sus soldados alcanzan la primera cuadra del arruinado cuartel, donde quedan aislados. Las bayonetas de los soldados del Ultonia no tienen piedad con ellos.

Una densa nube de polvo envuelve lo que fue una ciudad y ahora no es más que un ensangrentado campo de batalla. Desde su puesto de mando, Álvarez de Castro analiza la acometida francesa. Saint-Cyr ha ordenado un ataque tan brutal a todo el perímetro de la ciudad que ha abierto cuatro brechas. La situación es ya dramática en la puerta del Socorro, en la fuente del Calvario y en el enclave de Santa Lucía, donde se está produciendo uno de los ataques más vigorosos. El general español teme que todo esté perdido. Y, en ese caso, está dispuesto a cumplir su palabra y perecer con quienes están defendiendo tan bravamente la plaza bajo su mando. Así que el andaluz se ciñe la espada al cinto, se cala el sombrero y se dirige con paso firme hacia las líneas de defensa para tratar de insuflar ánimos con su presencia.

Pero los oficiales franceses tienen orden de no retroceder y están entrado en tromba a pesar de las continuas descargas de fusilería de los defensores. Se dispara con todo. Mosquetes, pistolas y escopetas de caza. Parapetados entre sus ruinas, los gerundenses hacen fuego a discreción y siembran la muerte entre la infantería enemiga. Pero ésta combate ya en las líneas españolas. Sus bayonetas parecen un incontenible río de hierro y muerte. Se lucha cuerpo a cuerpo. No hay cuartel. Ni piedad. Ni misericordia.

El Hermano Eustaquio dirige el fuego de un grupo de frailes de su convento. Le ha suplicado al abad que le encomiende la custodia del joven Monté por ese día. Teme que, alejado de él, sus posibilidades de supervivencia sean nulas. Y el novicio, acurrucado a su lado tras unos cascotes, se dedica a recargar mosquetes muerto de miedo mientras mira los cadáveres de su alrededor. La muerte, nueva y brutal, lo espanta. *Sierra Larga* lo sacude de los hábitos.

—Escucha, muchacho, es muy importante que no derrames medio quintal de pólvora en cada recarga. Ves despacio y mantén la calma. Nos va la vida.

Y Narciso Monté trata de sobreponerse a su miedo. La épica romántica que atribuía a la guerra no la encuentra por ningún lado. Todo lo que acontece le parece aterrador.

Y lo es. Porque los muertos se cuentan a centenares.

En el punto culminante de la refriega, la pólvora comienza a agotarse en las barricadas españolas. Y en ese trance, solo los regimientos de Saboya y de Ultonia pueden enfrentarse en igualdad de condiciones y con solvencia contra las expertas bayonetas francesas. Pero la guarnición militar, muy inferior en número y en solitario, no podrá aguantar mucho tiempo el empuje de la infantería enemiga. La situación para los defensores se ha vuelto dramática.

Los franceses arremeten con toda su furia una vez más. Y cuando parece que en la brecha del derruido cuartel de Alemanes van a quebrar la resistencia, de repente, un paisano salta sobre el talud de ruinas y se enfrenta a los franceses con su vieja escopeta de caza a culatazos. Los dos primeros imperiales caen con la cabeza destrozada ante su furia. Sus compañeros, a los que no faltan arrestos, le imitan y se lanzan contra los asaltantes. Todo vale para combatirlos: cuchillos, navajas, hoces, piedras… dentelladas. Pero el pecho de Balaguer es un blanco perfecto para las balas que siguen lloviendo por doquier y para las siguientes bayonetas de un enemigo que carga como un solo hombre.

Y entonces lo ve. En mitad del fragor de la batalla señalando hacia el enemigo, inmune a los proyectiles y a los obuses que caen sobre los combatientes, el rostro severo de niño muerto que lo mira sin ver. Y *Sierra Larga* sabe que ha llegado su hora. Toma el mosquete que le tiende el novicio Monté y, por primera vez, sonríe al muchacho. Palmea su hombro con afecto.

—Estás combatiendo bien —le dice. Y se levanta como una exhalación para correr hasta el lado de Balaguer. El niño sigue donde estaba, señalando hacia los mosquetes franceses. Ha perdido el gesto admonitorio y su boca se ha destensado en un suave rictus parecido al de una sonrisa.

Un hábito dominico, sucio de tierra y de sangre, se interpone entre las bayonetas de los asaltantes y el cuerpo de Balaguer. Protegiendo al heroico pescador, *Sierra Larga* esquiva el primer bayonetazo y dispara su mosquete sobre el rostro de un sargento francés que cae fulminado. Pero no puede esquivar las balas de una descarga de fusilería. Siente su quemazón en el pecho, su propia sangre inundándole la boca. Se sabe muerto y busca con la mirada al niño. Pero este ya no está. Debe enfrentar la muerte solo.

Y el Hermano Eustaquio se lanza, profiriendo un grito espantoso, contra las bayonetas de Napoleón.

Tras varias horas de feroz combate los españoles resisten. Y entre las filas francesas comienza a cundir el desánimo. Y dudan. Y el ejército que ha puesto de rodillas a toda Europa es expulsado de las calles ensangrentadas de una ciudad que ya es inmortal, que se ha hecho leyenda.

Uno de los primeros en apercibirse de la inopinada derrota de los imperiales es el cabo Curro, que combate a navajazo limpio entre las barricadas de Santa Lucía. Poco a poco el empuje y el brío de la infantería enemiga ha ido perdiendo intensidad, reduciéndose la lucha a un cuerpo a cuerpo en el que los franceses han terminado por perder la fe. Varios miles de franceses se han dejado la vida entre las ruinas de Gerona.

—Si me dicen que íbamos a poner en fuga a diez mil franceses combatiendo con trabucos y navajas jamás lo hubiera creído —murmura al borde del agotamiento un sargento Peláez que, con la guerrera destrozada, apoya su espalda contra unos sacos terreros. Sus harapos ensangrentados no pasan desapercibidos para el cabo de su compañía, que lo mira con evidente aprensión. Peláez le sonríe con ferocidad—: No te hagas ilusiones, Curro, diría que la mayoría es sangre francesa.

Cuando la victoria española es una realidad y el enemigo ya no está a tiro de fusil, Balaguer desciende el talud de cascotes en busca del cuerpo de *Sierra Larga*. Se sabe vivo gracias al sacrificio de aquel hombre enigmático. Su cadáver yace boca arriba, con los ojos entrecerrados, entre docenas de soldados franceses. Y al pescador le parece que su rostro congela una inexplicable sensación de paz. El guerrillero lo recoge y lo carga sobre su espalda. Le sorprende la liviandad de su peso y, subiendo el repecho de nuevo, lo deposita junto con los cuerpos sin vida de los otros frailes de su orden que, en el día de hoy, han ofrecido su tributo de sangre como el soldado más valeroso.

Reconoce al joven Monté, que llora sin consuelo al lado de un monje de provecta edad. A él se dirige el pescador:

—Padre… Creo que a este hombre le debo más que la vida. Entiérrelo Su Paternidad como si hubiera sido el varón más santo que hubiera pisado la tierra.

—Créame, buen hombre —responde el abad con calma—, que recibirá cristiana sepultura y estará permanentemente en mis oraciones. Rogaré para que su alma atormentada sea recogida en el seno de Dios.

Balaguer asiente sin decir nada y, cojeando, se aleja en busca de su único refugio, de su única certeza más allá de su maltrecha y extenuada patria.

El sargento McHarrell tiene el rostro renegrido por el humo de la pólvora. Aun así, ha tenido que combatir la última hora a la bayoneta, al haberse agotado la munición en su puesto. Solo la pistola del capitán O'Sullivan ha mantenido un fuego regular.

Apoyado en su mosquete, el suboficial trata de recuperar el aliento.

—Podemos contarlo, mi capitán.

O'Sullivan asiente y mira hacia las líneas enemigas mientras se lleva una mano a la reciente herida de su costado.

—Los franceses no han sido conscientes de nuestra escasez de pólvora. Si hubieran perseverado no sé si estaríamos contándolo…

McHarrell no hace ningún comentario al respecto. Solo al cabo de un minuto se decide a hablar.

—Capitán…, ¿le importaría que yo…?

—No, sargento. Vaya a buscarla y preséntele mis respetos.

Y Sean McHarrell se pone en marcha dejando en una soledad meditabunda al dolorido capitán O´Sullivan.

El sargento del Regimiento de Ultonia recorre unas calles hacinadas de muertos. Finalmente encuentra a Josefina Virués en la fuente del Calvario. Atiende a unos patriotas heridos. Al principio le cuesta reconocerla. Porta un aparatoso vendaje en la cabeza y el lado izquierdo de la cara abotargado. Cuando la llama, ella se resiste a mirarlo. Tiene que ser una de las matronas del Regimiento de Santa Bárbara la que la anime a ir al encuentro del irlandés.

—Anda, Josefina, ve con tu valiente. Yo me encargo de esto —dice quitándole suavemente de las manos los jirones de tela con los que ha vendado a un paisano.

Y la muchacha camina despacio, sin levantar la vista del

suelo, al encuentro de Sean McHarrell. El irlandés apresura el paso y la funde entre sus brazos.

Saint-Cyr ha preferido no seguir en persona las evoluciones del asalto. Se ha limitado durante la tarde a leer los despachos que le han ido llegando. Y su furia ha ido en aumento. Ahora, cuando la noche ha caído por completo, permanece recluido en la soledad de su gabinete, amparado en la semioscuridad de una vela, conteniendo su rabia y su frustración.
—*C'est ironique. J'ai les meilleurs soldats du monde et mes alliés les plus efficaces seront la maladie et la faim. Quelle merde*[19].
Álvarez de Castro, al contrario que su homónimo francés, ha ido de brecha en brecha durante la batalla para insuflar ánimo a sus combatientes, a correr su misma suerte, si Dios así lo hubiera determinado. A pesar del dolor y de la muerte ensañados con el pueblo de Gerona, el general español ha obtenido de este el afecto sereno y desprendido de los héroes. No obstante, el indomable Gobernador es consciente de que será muy difícil seguir resistiendo por mucho más tiempo si no llegan auxilios de inmediato.
—¿Cree Su Excelencia que volverán a intentarlo —pregunta Satué.
—¿Y perder otros dos mil hombres? No, Satué. Saint-Cyr va a echar mano de su nuevo aliado —responde sombríamente el general.
—Temo no entenderle, Excelencia.
—El tiempo, Satué, el tiempo —aclara Álvarez de Castro—. O, al menos, eso es lo que él se cree —remacha impasible el general.

Saint-Cyr, a quien Gerona le ha empañado más de la

---

[19] Qué ironía. Tengo a los mejores soldados del mundo y mis aliados más efectivos van a ser la enfermedad y el hambre. Menuda mierda.

cuenta su expediente militar, está decidido —antes de que Augereau le sustituya definitivamente en el mando— a no sacrificar más soldados y sustituir el sitio por el bloqueo. Algo que es del agrado del inminente nuevo comandante, que espera que la plaza caiga en sus manos como fruta madura en menos de tres semanas.

A pesar de su férrea determinación de resistir a ultranza, hasta para Álvarez de Castro resulta innegable el estado de consunción de los defensores. Gerona parece abocada a convertirse en una nueva Numancia o una nueva Sagunto. La plaza tenía almacenados víveres para cuatro meses y ya han pasado cinco. O la ciudad recibe socorros de inmediato o perecerá sin remedio.

Blake, que ya conoce la victoria de los patriotas gerundenses sobre los franceses y sabedor también de su situación límite, prepara un nuevo convoy de ayuda. Y así, el 26 de septiembre se presenta a la altura de La Bisbal, a apenas dos leguas de Gerona, una fuerza de doce mil hombres al mando de Enrique O'Donell que desaloja a los franceses de la franja que va de Villa-Roja a San Miguel. Tras ella, dos mil acémilas cargadas de víveres y un rebaño de ovejas es escoltado por una columna al mando de Winipffen. Pero la refriega ya ha alertado a Saint-Cyr.

El Gobernador, que está en la inteligencia de la operación, ordena salir en auxilio del convoy a cuatrocientos soldados al mando del coronel baezano D. Miguel de Haro. Es todo lo que puede aportar sin dejar desguarnecida por completo las defensas. Horas después, nadie en Gerona puede ocultar su decepción. Solo 170 cargas logran entrar en la ciudad. Los soldados de O'Donell y de Haro se refugian en el fuerte del Condestable y en Capuchinos.

El cabo Curro, que observa la llegada de los soldados, ofrece al sargento Peláez su particular análisis de la situación.

—Como nos sigan llegando refuerzos sin víveres a este ritmo, nos vamos a morir de hambre antes aún de lo que esperan los franceses.

El suboficial del Regimiento de Saboya responde con una muestra de su peculiar sarcasmo, que en nada tiene que envidiar a su también peculiar sonrisa de lobo viejo:

—También nos queda la posibilidad de organizar una ofensiva contra los gabachos.

Currocabo se queda observando fijamente a su sargento, sin tener muy claro si bromea o habla completamente en serio.

Quien cuenta lo acontecido con toda la seriedad que requiere la situación es el coronel de Haro. A solas con Álvarez de Castro y de militar a militar, el baezano no se muerde la lengua. Aunque con el debido respeto.

—Mi general, la intrepidez de O'Donell, que se alejó demasiado de Winipffen, ocasionó una enorme brecha por la que se introdujeron las tropas de Saint-Cyr cortando la comunicación entre nuestros dos comandantes. Y si a ello sumamos la prudencia del general Blake, virtud que le impidió llegar a tiempo de auxiliar al convoy, ahí tiene Su Excelencia la explicación del desastre.

Al atardecer, y a la vista de toda Gerona, Saint-Cyr manda ejecutar cruelmente en el paraje del Palau a todos los arrieros que han caído en sus manos.

MEMORIAL HISTÓRICO DE LOS SUCESOS MÁS NOTABLES DE ARMAS Y ESTADO DE LA SALUD PÚBLICA DURANTE EL ÚLTIMO SITIO DE LA PLAZA DE GERONA

D. Juan Andrés Nieto Samaniego
Doctor en Medicina y Cirugía, Cirujano-Médico consultor de los Reales Ejércitos y Jefe de su facultad en la citada Plaza durante el referido sitio.

Septiembre

«Abandonado con arreglo al más acendrado honor el castillo de Montjuich, que era para la plaza como el áncora de la esperanza para los naufragantes: comenzadas algunas brechas desde los inmediatos puntos eminentes que por aquella parte domina la ciudad, y sin descontinuar el Enemigo la construcción de nuevas obras y baterías temíase de un día a otro la completa abertura de las comenzadas brechas, que favorecía la debilidad de las murallas.

De otra parte, estaba ya la plaza con poquísima y muy fatigada guarnición por los muchos muertos, heridos, y enfermos que habían producido las armas, la estación, la fatiga, sustos, privaciones, y penuria de algunos géneros de víveres; el pueblo principalmente los pobres y expatriados, quasi sin asistencia en sus enfermedades, pues ya no cabían en el hospital general; habiendo ya sufrido la plaza cerca de quatro meses de sitio y bombeo, y sin apariencias de socorro; no cave en duda que pudiera haber capitulado como con frequencia se lo ofrecía el Sitiador, después de haber hecho una defensa que supera á qualquiera otra hecha por plaza de tercer orden como Gerona; pero la invicta guarnición y heroycos habitantes, hallando en la desgracia y dura opresión nuevos alientos, conforta su animosidad, y reanima su vigor de las desgracias y infortunios que padecen, y juran en su corazón vencer, o sepultarse en las ruinas de la ciudad que defienden.

SALUD

Las calenturas estacionales se multiplicaron, y complicaron con síntomas nerviosos y causaban bastantes estragos: gran parte de la tropa y habitantes, padeció en este período multitud de petequias lívidas y de figura circular, sin ser mayores que la picadura de una pulga y no dexaban de confundirla con ella los facultativos menos habituado a la observación: estas manchas comparecían primero en las partes más blancas, blandas y delicadas del cutis, eran más visibles en los niños, mujeres y en los rubios, después se extendían a la mayor parte del tronco, cuello, brazos y muslos: tuve por mal agüero la generalidad de este fenómeno que algunos despreciaban, y ojalá me hubiera equivocado en mi juicio: yo siempre le miré como producido por cierto principio de disolución de la sangre, y atonía de los vasos mínimos.

Los facultativos cuyo género de servicio era tan apreciable como interesante, enfermaban en fuerza del continuo trabajo y existencia en la viciada atmósfera de los hospitales, y de aquí se multiplicaba excesivamente el trabajo y cuydado para los sanos.

Las fiebres y demás calamidades, nos hacían ya perder mucha gente: las heridas y úlceras se corrompían con gran facilidad, y comenzó a manifestarse algún fluxo espontáneo de sangre vapida por las úlceras.

Las fracturas del cráneo y las conmociones del cerebro, muy freqüentes por desgracia en este sitio, hubieran dado materia para ilustrar por observaciones metódicas la teoría y práctica de estos terribles males traumáticos, si las duras circunstancias y el escaso tiempo con respecto a nuestras ocupaciones, hubieran permitido al deseo ocuparse en este importante objeto.

Lo que advertí entre los que padecían estos males, que me parece digno de la noticia de los profesores del arte de curar es; que ha habido evidentes fracturas del cráneo sin que el paciente perdiese el uso de sus sentidos sino momentáneamente sin vahídos, sin náuseas.

Que algunas de estas fracturas, aunque fuesen subintradas, se han curado felizmente á lo que podríamos observar en la duración de este sitio, sin operación cruenta, y aun sin restituir á su lugar y configuración las partes subintradas. Y de consiguiente no debe practicarse la trepanación, ni la separación de los tegumentos del cráneo mahullados, como lo executan algunos, quando no existen síntomas progresivos de letargo, ó apoplexía traumática.

Los fracturados del cráneo que han fallecido en la violencia de tan grave mal, el vómito quimoso, anunciaba su próxima ruina.

Los que fallecieron de la fractura del cráneo, quasi ninguno pareció delirio, alguno el mormullo o subdelirio, y estos hacían rara vez movimientos involuntarios, con los órganos de movimiento voluntario; y se quexaba alguno sin pronunciar hasta las inmediaciones de su muerte.

La acción de llevarse la mano sobre la parte fracturada, que algunos dan como síntoma de las fracturas del cráneo, solo la he visto en el Capitán del Regimiento de Borbón Don Enrique Baladú: fue herido en Monjuic, y tenía la fractura con pérdida de sustancia sobre la apófisis coronal izquierda.

Las fracturas de la parte anterior del cráneo, han sido en sus síntomas, y en la duración de los pacientes, menos funestas que los de la parte posterior, en igualdad de solución de continuo, á juicio prudente.

Los conmovidos del cerebro deliraban del modo más extraordinario, cuya verdad prueban entre otras observaciones las tres siguientes.

Un soldado del Regimiento de Borbón estuvo toda una noche contando en alta y bien pronunciada voz, desde 40 hasta 70; y de allí volvía otra vez a 40, 41, 42, etc... sin pasar de 70: estaba tendido sobre la espalda y quieto, exceptuando el doblar una ú otra vez una rodilla; la mayor parte de los enfermos, facultativos, y empleados del hospital de San Pedro, no durmieron aquella noche, ya por el ruido que causaba, ya por fixar la atención en la rareza de este delirio, y ya por la risa que ocasionaba a los menos sensibles, ó de mejor humor. Falleció.

Un granadero de Ultonia, de tiempo en tiempo, de día y de noche, sin guardar periodo lanzaba un ay, con una extraordinaria elevación de voz, y duraba tanto como puede hacer durar su forzado eco el hombre más robusto en una sola espiración: se levantaba de su cama, arrojaba velozmente su ropa sobre el único enfermo que tenía á su lado: se ensuciaba insensiblemente, se echaba en cualquiera dirección sobre su cama ó en el suelo: era obediente si se le amenazaba ó daba un pequeño golpe, el qual nos costaba oír uno de sus gritos: se quitaba los apósitos, y estaba tan inquieto que necesitó muchos días un practicante y un enfermero de guardia: pronunciaba una ó otra palabra breve, con claridad, pero ninguna larga sin balbucear; y lo que era más maravilloso es, que una muger que se decía ser su querida, templaba y regulaba las acciones de este delirante, solo con su presencia y alguna palabra, de su mano tomaba las medicinas y alimentos, mejor que de cualquiera otra: falleció hacia el día quince: tenía una gran contusión sobre la región temporal derecha, hasta el cigoma y el oído inclusive, y una grande herida contusa con pérdida de sustancia cerca de la rodilla derecha, en la parte lateral externa del muslo.

Un fusilero del primer tercio de Gerona, blasfemaba y maldecía con tan nuevos modos para mí, que no estando yo habituado a lengua catalana, y siéndome nuevo este linage de blasfemias, no hallo medio con que explicarle sin ofender los oídos, decía sus blasfemias en voz clara y bien pronunciadas las palabras, pero sin exercer los movimientos que acompañan al furor: vivió este fusilero pero quedó insensato, estravismado e incapaz de dirigir ninguna de sus acciones: fue contuso en la cabeza y espalda, por unos sacos de tierra despedidos de un merlón por una bala de batir enemiga.

Varias otras observaciones de este género me ocurren que ocuparían para el juicio de algunos un digno lugar en este escrito, pero habiendo de ofrecerlas sin el orden y exactitud que exige la facultad como las antecedentes, dexamoslas en silencio, para venir al estado de nuestros hospitales con que concluye el presente mes.

Entrados: 371
Salidos: 269
Muertos: 83
Existentes: 379
Clases de heridas que padecen
Heridos, fracturados y contusos: 344
Galicados: 3
Afectos varios: 32».

—Son 16 pesos fuertes —sonríe el tipo sin poder ocultar el brillo de la avaricia en los ojos.
—Eso es mucho dinero para una gallina tan flaca —opone Balaguer con una punzada de hambre en el estómago y dos pesos en la faltriquera.
—Esta gallina es especial —responde el rufián con descaro.
—Yo no le veo nada de especial. Tiene la cresta descolorida y los ojos blanquinosos. Milagro es que no se le haya caído el pico después de tantos días muerta —regatea a la desesperada el pescador.
—Ha venido desde las líneas gabachas. No me negará que eso no le da un valor considerable…
—¿Acaso era amiga de Napoleón?
—La toma o la deja —zanja la discusión el sujeto, que no aprecia el sarcasmo de su comprador.
Balaguer saca sus dos pesos y los deposita en la silla de anea que hace las veces de mostrador. Luego alarga su brazo.
—Me llevaré la perdiz.
El contrabandista pone la mano suavemente, pero con fir-

meza, sobre el ave. Y el pescador retira la suya despacio del cuerpo del animal.

—Son cuatro pesos —advierte el vendedor con voz sibilante.

Balaguer descarga la escopeta de su hombro y la amartilla con la displicencia de quien acaricia a su viejo perro.

—Creo recordar que ha dicho dos hace un momento.

—Cuatro... amigo. Los continuos cañonazos franceses le han debido afectar el oído. —Y tras un momento de tenso silencio entre los dos hombres, el contrabandista le ofrece una alternativa—: Pero tengo ratones en esa bolsa por cinco reales...

A Balaguer se le acaba la paciencia y encañona al usurero.

—Cinco reales es lo que cuesta el plomo de mi escopeta, *fill de puta*. Lo toma o lo deja. —Y el contrabandista retira su mano de la perdiz mientras mira de reojo la empuñadura de su navaja sobresaliendo entre los pliegues de la camisa. Se pasa la lengua sobre sus labios resecos—. Inténtalo —le advierte en un susurro el guerrillero— y engordarás a las pocas ratas que quedan vivas en Gerona.

El hombre duda y valora sus posibilidades. Finalmente, sonríe y suelta una estruendosa carcajada.

—¡Buen provecho, paisano, buen provecho! —le desea jovialmente entre sus risotadas.

Y Balaguer, hombre precavido, sale del callejón caminado hacia atrás sin dejar de apuntar a su tendero de circunstancias hasta doblar la esquina.

El cabo Hernández mira con aprensión el pedazo de carne que flota en un líquido de color indescriptible. Sus compañeros del Regimiento de Saboya, con la misma hambre pero con menos remilgos, hunden la cuchara sin contemplaciones en el brebaje que va a ser su única comida del día. Así que *Currocabo*, aunque sin mucho convencimiento, termina por imitar a sus compañeros de milicia y ataca con su navaja el pedazo de chicha solitaria que gira en su tazón.

—Esto está como una piedra —murmura entre la sorpresa y la aflicción.

—Es que la carne de jumento hay que hervirla durante muchas horas para que quede tierna —explica festivo uno de los soldados cercanos que observa divertido los mohines escrupulosos de su cabo.

—¿Nos estamos comiendo los caballos?

—Aún no, cabo —aclara otro fusilero sin disimular la sorna—. Hoy hemos empezado a dar cuenta de los mulos. Nuestra ración irá ganando en suculencia a medida que pasen los días.

—Deberíais estar agradecidos —sentencia sombríamente el sargento Peláez—. Aún no nos comemos a los muertos.

Mientras en el campo francés se celebra la llegada de su nuevo comandante en jefe, el mariscal Augereau, en sustitución del general Saint-Cyr, Álvarez de Castro planea junto al coronel O'Donell la manera de romper el bloqueo y conseguir que entren víveres a Gerona. El Gobernador, que empieza a mostrar evidentes signos de desmejoramiento, explica a su Estado Mayor los movimientos de Blake para distraer a las fuerzas enemigas. Porque a pesar de los ingentes esfuerzos galos por impermeabilizar la plaza, la información sigue llegando del exterior gracias a patriotas arrojados que desafían los peligros de una misión que, en caso de fracaso, implica su ejecución inmediata.

—Blake —comienza exponiendo Álvarez— va a acercarse hasta Bruñolas, lo que sin duda atraerá hacia su posición a un buen número de tropas enemigas. Será el momento en que usted, coronel —dice mirando a O'Donell—, tendrá que romper el cerco y salir de Gerona con sus soldados. —D. Enrique O'Donell asiente y Álvarez continúa—: Tendrá que salir de noche y romper las líneas del enemigo sin vacilaciones, con total decisión. ¿Comprende usted?

—Se hará como ordena Su Excelencia —acata sin dudarlo el jefe militar.

—Y coronel… sepa desde ahora que cualquier contratiempo que pudiera sufrir su misión no podrá solventarlo con el repliegue hacia la plaza. ¿Me he explicado con claridad?

O'Donell se cuadra y traga saliva.

—Perfectamente, Excelencia.

La noche de la salida, una luna brillante ilumina el firmamento sobre el cuartel de Capuchinos. El coronel-brigadier D. Enrique O'Donell tuerce el gesto. Tras él, mil hombres que han padecido durante quince días los rigores del hambre, del frío y de la enfermedad, esperan impacientes la orden de avance. Prefieren, a estas alturas, morir combatiendo que seguir encerrados en aquel cementerio de espectros que es Gerona. Pero el impetuoso militar, esta vez, tiene que esperar y sabe esperar su momento. Y cuando un ligero viento arrastra los primeros nubarrones se pone en marcha.

Las tinieblas favorecen la invisibilidad de la columna que avanza silenciosa con la bayoneta calada. El enemigo, aunque mantiene sus centinelas alerta, no espera a estas alturas de sitio un golpe de mano de tamaña envergadura. Y la sigilosa vanguardia española cae sobre el primer campo francés sin que sus imaginarias puedan reaccionar a tiempo. El arma blanca hace su trabajo con espeluznante precisión.

La columna de O'Donell toma, además, a dos italianos como prisioneros. Y con estos guías, los españoles logran sortear veinticinco campos franceses y romper el cerco sin tener que disparar ni un solo tiro. Gerona tiene mil defensores menos y mil raciones de comida más.

El mariscal Augereau recibe la noticia con una displicente sonrisa entre los labios. Con él se han sumado al sitio otros cinco mil hombres. Su estrategia es la de la boa: seguir apretando a su presa hasta su total consunción.

Y Gerona es ya un cuerpo exánime.

Augereau cree que sus tropas entrarán en la ciudad en menos de una semana.

Pero Augereau se equivoca.

MEMORIAL HISTÓRICO DE LOS SUCESOS MÁS NOTABLES DE ARMAS Y ESTADO DE LA SALUD PÚBLICA DURANTE EL ÚLTIMO SITIO DE LA PLAZA DE GERONA

D. Juan Andrés Nieto Samaniego
Doctor en Medicina y Cirugía, Cirujano-Médico consultor de los Reales Ejércitos y Jefe de su facultad en la citada Plaza durante el referido sitio.

Octubre

Salud

«La fiebre nervosa complicada con afectos gástricos, el Escorbuto y la Dysentería hacían grandes estragos: el Escorbuto, se manifestó primero en los niños y jóvenes, la tropa padeció mucho de él, y de la Dysentería: la fiebre nervosa atacó principalmente a las personas de vida estudiosa, como sacerdotes, religiosos, literatos, y facultativos, y á aquellos cuya imaginación estaba muy agitada, curábanse pocos con respecto al número de enfermos por la presencia de las causas y por la falta de alimentos, medicamentos y asistencia.

Luego que se manifestaban úlceras escorbúticas en la boca hacían tales progresos, que en pocos días corrompían las encías y carrillos; el abatimiento de los pacientes era tan extremado, que ni aun les quedaba acción para arrojar ó inclinarse para dexar caer la pituita, y sordicies que producen tales úlceras, lo mismo sucedía con las naturales evacuaciones, cuyas materias se iban del cuerpo sin ser expelidas por acción voluntaria, y aunque alguno tuviese fuerza para tomar por sí los enjuagatorios y uno ó otro medicamento de los pocos que podíamos disponer, era tal su dejadez y abandono que no usaba del medicamento para no alargar la mano para tomarle, lo que ocasionó a los facultativos un trabajo penosísimo y peligroso: luego se presentaba la asquerosa y mortífera Dysentería que en breve terminaba por la muerte.

Las fiebres nervosas terminaban ordinariamente mal, en los tres o quatro últimos días de la segunda semana, las que terminaban bien se prolongaban más allá del veinte y uno, y todas por lisis: las raras convalecencias eran muy lentas prolongadas y difíciles.

De unos y otros males y de las armas, resultaba un horroroso número de muertos con respecto á la población: el camino del cementerio estaba continuamente practicado por los enterradores y carros de muertos.

Los Agonizantes

Esta especie de gente que de ordinario muere de diarrea, se ocupaba en la puerta del Areny, en contar los muertos que llevaban á enterrar, y decían públicamente que en este mes habían salido por ella de treinta y cinco á setenta cadáveres diarios; esto es, treinta y cinco el día que menos, y setenta el que más, y aunque pretendían exagerar nuestros males se quedaron cortos en este cálculo.

Llamabamos Agonizantes a todos aquellos tímidos hipocondriacos, que debiendo tener más presencia de espíritu que el común de los hombres, por sus luces o por su profesión, hablaban continuamente y sin reserva de mortandad, ruinas, y estragos, que seriamos degollados todos por el Enemigo, cuya entrada no podíamos impedir por tantas y tan dilatadas brechas; que era vana y ilusoria la esperanza de socorro, y otras especies de este jaez, que aun quando fuesen bien fundadas deben ocultarse al público, porque jamás pueden contribuir sino al abatimiento del ánimo, degradación del individuo que intempestivamente se produce en tales términos, á proporcionar ventajas al Enemigo incomodar a sus consocios, y estar ellos en una continua angustia.

Tales sujetos contagian con los hálitos de su razonamiento en razón directa de la opinión y representación que tienen, porque también estos avichuchos suelen representar: haílos de varias clases, y optan á muchos empleos: por mí, les condeno á ser separados de toda sociedad Española si son renitentes, principalmente en las posesiones apuradas de un Exército: estos enfermos son difíciles de curar, y el mejor medicamento que he observado para ellos, es una buena dosis de ridículo, reiterada con dirección y oportunidad.

El estado de los hospitales á cargo de la Cirugía-Médica, era á fin de este mes según se manifiesta a continuación.

Entrados: 172
Salidos: 175
Muertos: 88
Existentes: 298

Clases de enfermedades que padecen:
Heridos, contusos y fracturados: 191
Quemados: 8
Escorbúticos: 47
Galicados: 1»

El sargento McHarrell ha tenido una noche agitada en la barricada de Alemanes. A la tortura que supone el continuo bombardeo sobre la plaza se le han sumado los ataques nocturnos de los franceses. Golpes de mano que tienen por objeto minar la moral de los defensores y causar alguna baja, encontrar algún punto descuidado y débil, reconocer el terreno y el estado de las fortificaciones, probar la capacidad de resistencia, fatigar a la guarnición y agotar a los civiles y acelerar el consumo de municiones. Hasta que la defensa se haga aún más imposible de lo que ya parece.

A pesar de todas las penurias, el suboficial del Regimiento de Ultonia espera ansioso la llegada de Josefina Virués. La joven llega hasta su lado con la respiración agitada, envuelta en un vestido que ya parece cuatro tallas más grande. Su rostro se ha afilado en los pómulos y en la barbilla; y sus ojos parecen dos grandes charcos oscuros en el perímetro oval de su tez pálida. Al sargento McHarrell se le encoge el corazón. Aunque es consciente de que su cuerpo enflaquecido no presenta un aspecto más saludable que el de su amada.

—Toma —ofrece el hombre introduciendo una mano en el bolsillo de su mugrienta guerrera y extrayendo de él un mendrugo de pan y extraño trozo de carne seca—, un regalo del noble e invicto Regimiento de Ultonia a la más aguerrida soldado del Regimiento de Santa Bárbara. Y a la más bonita… —concluye bromeando para quitar importancia a una ofrenda que lleva dos días macerando en su bolsillo.

La muchacha niega con la cabeza, pero su mirada delata un hambre de días.

—No… *Son*… Es tu ración…

—En absoluto, joven. Tengo más viandas como esta escondidas en mis bolsillos secretos —miente McHarrell con toda la jovialidad de la que es capaz mientras toma la mano de Josefina Virués para obligarla a coger el presente—. Vamos, cómetelo.

La necesidad vence las reticencias de la chica, que devora ávidamente el bocado ante la mirada comprensiva del militar. Luego, Josefina Virués apoya su frente el pecho del irlandés

—Oh, *Son*… —musita—. Están por todas partes, cada vez más cerca. Los vemos disfrutar de su comida desde nuestras barricadas. Y hasta hay oficiales franceses que nos invitan a ir con ellos…

Las mandíbulas del sargento McHarrell se tensan.

—Josefina… Di a las mujeres que están a tu alrededor que no cometan la imprudencia…

—Lo sé —corta con sequedad la chica—, sé lo que quieren de nosotras. Y preferiría morirme antes de hambre.

Al sargento McHarrell la ira le muerde las entrañas. Tanto como la penuria de alimentos.

—Josefina, ¿recuerdas lo que te dije que hicieras si yo no volvía de Montjuich? —La muchacha asiente—. Pues no lo olvides.

—Ni tú que debes regalarme un anillo decente.

El sargento irlandés no puede evitar una sonora carcajada.

Quien no tiene muchos motivos para sonreír es el cabo Curro.

—¡Pero hombre de Dios! ¿¡A quién en su sano juicio se le ocurre ir hasta las líneas enemigas para confraternizar con sus centinelas!? ¡¡No te han volado la tapa de los sesos de puritito milagro!! —vocifera fuera de sí un desesperado sargento Peláez.

—Mi sargento, solo era un joven italiano… —intenta explicarse *Currocabo*.

—*Solo era un joven italiano…* —repite el suboficial español no dando crédito—. ¡No se puede tratar con el enemigo bajo ningún concepto! ¡Estúpido! Da gracias al cielo de que ahora mismo no dé parte de tu acción porque, si lo hiciera, en menos de una hora habrías pasado de un consejo de guerra a compartir fosa con el tipo que encontraron destripado en el cementerio.

—Mi sargento, le juro por la gloria de mi madre que yo nunca tuve intención de pasarme a los gabachos.

—Eso ya lo sé porque estás aquí. Y no jures por tu madre; ni siquiera sabes si ha muerto—. Y después de un repentino silencio, el sargento Peláez olfatea el aire y sentencia—: A ti siempre te perdió el vino, Hernández.

Eso sí, mi sargento —admite el cabo con un gesto de contrición y la mirada perdida en el suelo.

La presencia de unidades francesas y centinelas a tiro de mosquete de las líneas de defensa españolas, ya hundidas en la misma ciudad, ha ocasionado en momentos puntuales inesperadas muestras de confraternización. Porque, al final, no todos los combatientes se toman las cosas de la guerra de modo personal y la cercanía puede crear vínculos militarmente inconvenientes. Así, en ocasiones, ha existido ofrecimiento de víveres por parte gabacha a cambio de una charla amistosa o de una figurita de madera —los gerundenses no es que posean, precisamente, demasiadas cosas para intercambiar—. Huelga decir que también otras veces esta invitación no ha sido más que burda trampa para atraer incautos a una celada. Claro que ha bastado un disparo lejano, un gesto banal interpretado como amenaza o, simplemente, un tono de voz mal digerido para que el inesperado florecimiento de bondad haya acabado a tiro limpio o ataque a la bayoneta.

En el caso del cabo Curro todo empezó con el ofrecimiento de un soldado italiano a echar un trago después de un intercambio de insultos que terminaron en risotadas, porque los dos contendientes intuyeron que el contrario no tenía la más remota idea de qué se estaban diciendo. Así que el aguerrido *Currocabo* extrajo de entre los escombros un trozo de madera y en media hora había tallado un pez lo suficientemente presentable como para que el italiano le concediera unos sorbos de vino. La fatal desavenencia se produjo cuando el transalpino consideró que el valor del presente ya había superado en mucho el razonable número de sorbos y el cabo Hernández mostró su desacuerdo tratando de proteger la botella con su brazo mientras echaba el último trago a la desesperada. Ahí comenzaron los empellones mutuos para, seguidamente, el napoleónico echar mano de su bayoneta y el español de su navaja. Los disparos de una y otra parte, no obstante, impidieron la finalización del contraste de pareceres. El italiano corrió a refugiarse en su parapeto y el malagueño logró alcanzar sus líneas acompañado por el silbido de las balas enemigas a su alrededor.

Balaguer aparta a un lado las piedras más grandes, luego los pocos maderos que el obús no ha convertido en astillas. De la casa queda poco más que la cocina y la techumbre delantera. A pesar de todo, esta vez han tenido suerte.

—Cuando consiga hacer esta pared a continuación del hogar podremos encender fuego —dice el patriota lacónicamente.

Isabel se limita a mirarlo con los ojos muy abiertos. Un sentimiento íntimo le dice que aquella casa no volverá a reconstruirse. Pero admira la tenacidad de aquel hombre, su coraje sereno para enfrentarse a la adversidad. Y ella no quiere darle motivos para la desesperanza con sus negros presagios. Continuará caminando a su lado haya o no futuro.

En dos horas hay un fuego pobre chisporroteando en la chimenea. Y una cena sobre la mesa. Como si a un pequeño barbo —hasta los peces desaparecieron hace tiempo del Oñar—, dos trozos de zanahoria y un diminuto pedazo de pan duro se le pudiese denominar por ese nombre. No obstante, la joven Llobet ha dispuesto el frugal bocado en dos viejos platos de loza. Es todo lo que hay. Y no hay más.

Salvo ellos dos.

Balaguer ha tomado la cara de Isabel entre sus manos. Le gusta extasiarse ante los mares grisáceos de sus ojos, ante la línea de coral que asoma tímida entre los bajíos dulces de sus labios.

—El mar en calma... —musita.

Y esa noche, por encima del dolor y de la guerra, las manos de dos amantes sobrevuelan como palomas libres hasta playas ignotas; y sus cuerpos se mecen en el vaivén cálido de un mar primigenio. Una travesía que los conduce a un dulce agotamiento, a las brumas de un sueño perfecto.

La pulsión de la vida en un mundo en guerra.

Como preveía Augereau, el hambre, la enfermedad y la muerte se han convertido en sus más eficientes soldados. La heroica resistencia de los defensores se va debilitando sin remedio. También su moral. Desde que se hiciera cargo del sitio, el mariscal francés no ha dejado de enviar a paisanos españoles —incluso a frailes— como emisarios de buena voluntad. Y Aunque Álvarez de Castro, ya claramente enfermo, se ha mantenido inflexible y, o bien no les ha hecho caso y los ha mandado por donde han venido o los ha tomado presos, la sensación de derrota se ha instalado hasta en su propio Estado Mayor. Aunque no haya quien se atreva a decirlo en voz alta, nadie cree ya en la salvación de Gerona.

Así se lo hace saber al gobernador un honorable miembro de la Junta Municipal.

—Excelencia, con todo respeto, tal vez debería usted reflexionar acerca de alguna fórmula de capitulación honrosa. Ya no tenemos nada que comer...

Comido por la fiebre y la disentería, conteniendo apenas su ira, Álvarez de Castro se incorpora tembloroso de su asiento y se encara con el notable gerundense.

—¡Cómo, señor! ¿Solo es usted aquí cobarde? Cuando no queden víveres que llevarnos a la boca nos comeremos a usted y a los de su ralea, y después resolveré lo que más convenga.

Un silencio de sepulcro se instala en el salón. Y el viejo león, a la vista de todos, redacta un nuevo bando.

«Sepan las tropas que guarnecen los primeros puestos que los que ocupan los segundos tienen orden de hacer fuego, en caso de ataque, contra cualquiera que sobre ellas venga, sea español o francés, pues todo el que huye hace con su ejemplo más daño que el mismo enemigo.»

Se combatirá al francés hasta el último hombre y hasta la última bala.

MEMORIAL HISTÓRICO DE LOS SUCESOS MÁS NOTABLES DE ARMAS Y ESTADO DE LA SALUD PÚBLICA DURANTE EL ÚLTIMO SITIO DE LA PLAZA DE GERONA

D. Juan Andrés Nieto Samaniego
Doctor en Medicina y Cirugía, Cirujano-Médico consultor de los Reales Ejércitos y Jefe de su facultad en la citada Plaza durante el referido sitio.

Compendio del estado de la plaza, el dia veinte y nueve de Noviembre

«Multiplicadas de todos modos nuestras calamidades, señaladamente en la salud, ohí hablar sobre este objeto al Comandante general, y comprehendí que deseaba tener por escrito una compendiosa relación sobre el estado de la salud pública, y al día siguiente hacia las tres de la tarde fui a presentar a S. E. el siguiente oficio: halléle algo enojado por contradiciones que producia el lamentable estado de la plaza, y así que insinué el contenido de mi escrito respondió como involuntariamente en un instante de distracción; *si no se puede defender más la plaza, para que...* y suspendida su palabra, *acaso dixe yo este papel informará a la posteridad de nuestros males si no queda alguno que los cuente*: mandome entonces leerle, y no pudo aquella alma sensible acabar de oírle sin dar signos del más vivo dolor! Cerró este oficio y en la noche del mismo día veinte y nueve le dirigió original por un propio, a S. M. la Suprema Junta gubernativa de España é Indias: su contenido es como sigue.

Excelentísimo Señor: La salud pública que tan dignamente ocupa entre los gravísimos cuidados que circundan a V. E. el alto lugar que la compete, está en un estado tan calamitoso que al paso que conviene ocultarle en lo posible al público por parte de los que estamos encargados de ella, es necesario al bien común, que V. E. tenga informes científicos verdaderos y justos, de su deplorable estado, y de la parte pronóstica del horroroso término que la amenaza.

Movido de esta consideración, y en cumplimiento de uno de los deberes de mi obligación, como consultor de los Reales Exércitos, y jefe de la Facultad Médico-quirúrgica en esta plaza, elevaré a noticia de V. E. una sencilla relación del estado físico de la ciudad, de su atmósfera, y de los hospitales que sin defraudar la verdad y menos abultarla con exageraciones, será solo como un abreviado índice, que guíe al observador y le conduzca al conocimiento de las duras verdades que señala, como causas de la terribles enfermedades, y mortandad que padecemos.

Ya á cerca de siete meses que el Enemigo acecha y destruye esta plaza con toda especie de tiros de gruesa artillería y fusilería, de que resulta no quedar en toda ella edificio alguno habitable, ni lugar en que no se ofrezcan de continuo los horrores de la muerte.

Ningún parage ha habido seguro de las bombas, pues en los edificios en los que se lisonjeaba el ánimo con ideas de seguridad, han causado fatalísimas desgracias.

Las calles desempedradas, y salpicadas de profundos hoyos causados por las bombas, interceptadas por ruinas, y las casas sin tejados, encharcan las aguas de lluvia que arrastran consigo productos excrementicios de las rotas y deshechas cloacas, y demás cuerpos que hallan sobre la sucia superficie que recorren, sembrada de vestigios de diarrea humana; allí fermenta (á pesar de la vigilancia de la Junta de Policía que tan dignamente ha procurado la salubridad), este conjunto de inmundicias y descomponiéndose el todo, infecta la atmósfera de mofetas pestíferas, á que también concurre la putrefacción de cadáveres humanos, y brutos, sepultados debaxo de tanta ruina.

Todas las plazas y calles ofrecen á la aprehensión mil objetos de horror para el juicio y discurso, siendo uno de ellos los innumerables montones de cascos de bomba, granada, balas de todas clases, y pedazos del ellas, mudos testigos e instrumentos de nuestro dolor!

Los poquísimos vegetales que nos es permitido ver y observar de cerca, ofrecen evidentes señales de haberse resentido y tomado parte en la horrorosa catástrofe de esta ciudad, pues que apenas han dado flores las plantas de los jardines, ni ha madurado la poca fruta que ofrecían otros años, y prometían en este, los árboles de las huertas, donde tampoco ha prosperado ninguna especie de la hortaliza que otros años abundaba: observación que ella sola es suficiente para probar con evidencia la perniciosa degradación de nuestra atmósfera, sobrecargada de gases metíficos, y defectuosa del ayre vital con respecto á su masa, que alimenta vegetales y animales.

Si dirigimos nuestra observación desde los vivientes vejetativos á los sensitivos, veremos los brutos domésticos tristes, enflaquecidos, mal pelechados, las puntas de las orejas del ganado caballar divergentes entre sí, y cahidas, lentos en su paso, y movimientos, no manifiestan el retozo relincho ni otros signos de su alegría amor y buen punto, y muchos de ellos están atacados de diarrea.

Los perros siguen el mismo orden de debilidad y tristeza, apenas hay alguno que ladre, no dan señales del estímulo de la propagación de su especie, ni tributan sino de un modo mal decidido á sus amos los naturales signos de gratitud en sus alhagos.

Generalmente cada rostro presenta la palidez de la muerte, una hinchazón renitente, es en mucho el indefectible signo de su próxima ruina. Su voz es lánguida, el paso lento, la respiración frecuente, el pulso débil y contraído; excesivo abatimiento no solo físico, sino también del natural orgullo y amor propio, poca inclinación á la sociedad, y esta tiene por objeto el desahogo del dolor, la ponderación del hambre, y el duro recuerdo de su futura suerte presentida por la horrorosa privación de alimentos que se padece tantos meses ha; por la mortandad que observan; por la presencia y poderío del Enemigo cuya entrada está patente en cuatro brechas; y por el doloroso y cruel abandono que padecemos dexándonos padecer en la fatiga, en la desnudez, y en el hambre, y en el contagio, y en la espada del terrible sitiador!

Apenas hay alguna muger embarazada, es frequente la supresión y exceso de la evacuación menstrua; muchísimas han malparido; *no pocas han visto morir de hambre el tierno fruto de sus entrañas pendiente de sus pechos, anhelando de continuo con sus cansadas tiernas mandíbulas el alimento buscado en vano en senos maternales que otras veces eran abundantes y fecundos!* Yo doy testimonio de lo que he visto Excelentísimo Señor; y yo he tenido acaso por ser esposo, y padre, la facultad de sentir lo que sobre este lastimero objeto no me es dado explicar!

Todo este horroroso conjunto de causas destructoras de la humanidad, asociado á las que determinan las enfermedades endémicas de este suelo, produxeron en el principio cólicos, y diarreas, como era consiguiente á los que habitaban atmósferas subterráneas siempre frías y húmedas, á los que dormían al raso sobre el desnudo suelo como oficiales y tropa, y á todos por las malas digestiones, y por los estímulos mentales de susto, y temor, agentes que obran en el hombre con movimientos ya súbitos, y ya lentos, determinado los humores de la periferia al centro gástrico, á donde retrocede y confluye la materia excrementicia de la transpiración, pervierte el orden de la digestión secreción y excreción &c., y viene á producir la laxitud ó atonía universal.

Con tan terribles predisposiciones no tardaron en comparecer multitud de fiebres continentes, remitentes, y intermitentes, estivales y endémicas, pero con los síntomas consecutivos y indefectibles de nervosas, aunque en sus primeros periodos fuesen biliosas ó meningo gástricas: lo que era consiguiente a la debilidad del sistema nervioso como órgano del sentido, y en que obran principalmente los estímulos mentales.

El crecido número de individuos que á más de los citados trabajos han tenido la desgracia de ser heridos, fracturados, contusos, quemados ó mutilados con tan bárbaros instrumentos, es evidente que han padecido imponderablemente más que el resto de los defensores de la plaza, porque después de la atrocidad de los dolores que les ocasionan sus horrorosas dislaceraciones, y toda especie de soluciones de continuo, han sido atacados ordinariamente al terminar la fiebre traumática, de la calentura complicada que aflige á los demás; de aquí se les han originado horribles gangrenas y esfacelos, se hacían sus úlceras pútridas, y verminosas con mucha freqüencia, se han secado de repente y con grave prejuicio de su salud no pocas veces las llagas, dexando de fluir *al ver los llagados dentro de los hospitales muertos á sus compañeros por balas de artillería, y por bombas, que desplomaban sobre sus desgarrados miembros los techos y bóvedas.* Santo Dios!... Ya no tiene lugar inmune como en otros tiempos la deficiente humanidad.

No obstante, hasta fines de septiembre, en que todavía teníamos algunos recursos en las boticas, aunque padecíamos escasez de Farmacéuticos, y de Cirujanos con respecto a nuestras necesidades, de efectos de hospitales, desde la pérdida del de San Daniel y quema del militar, multiplicando los facultativos sus tareas y trabajo, que jamás será bastante considerado, se consiguieron felicísimos resultados en las admirables curaciones que se lograron de toda especie de heridas, y enfermedades.

Pero después, contando las desoladoras causas; la progresiva disminución de alimentos hasta reducirse al estado en que se hallan ya á mucho tiempo, de muy poca carne de caballo jumento ó mulo, escasísimo pan y corta dosis de trigo, todo mal cocido por falta de combustible, y sin condimento alguno, falta de efectos de hospitales en términos que gran número de enfermos están sobre el desnudo suelo: falta de vasos inmundos y de toda especie; carencia de medicamentos y de sirvientes: con la presencia de las lluvias sobre techos arruinados, terrible frío y otras vicisitudes del otoño y entrada del invierno, hostilidades y estrechez del Enemigo, excesiva fatiga, sustos y vigilias de la tropa y habitantes, empezó á manifestarse en forma epidémica la vapidez y disolución de la sangre, por tantos medios, y por tan largo tiempo preparada, la atmósfera de los hospitales no tardó en viciarse por falta de todos los medios de salubridad, desde los que prescribe la Química, hasta el ínfimo mecánico de la escova, y la luz, y el fuego, para calentar los escasos tópicos que nos es permitido manejar.

Declarose en fin el letal Escorbuto, con la mortífera y asquerosa Dysentería, males tenidos por contagiosos por todos los prácticos, llegando á tal extremo los estragos que causan estas y otras enfermedades; *que solo en el hospital del hospicio han fallecido este mes hasta el día veinte y cuatro, quinientos y un militares de esta invicta guarnición, por tantos títulos acreedora al reconocimiento y admiración de la Patria!* Y por lo respectivo á otros hospitales, V. E. sabe que siguen la misma terrible proporción, sin olvidar los muchos que fallecen en los quarteles portales y en las casas.

Tal es Excelentísimo Señor el horroroso quadro mal bosquejado de la salud de los héroes, que en pos de V. E. han logrado la justa admiración del Orbe, siguiendo los caminos del honor en defensa de la santa Religión,

Patria y libertad, arrostrando y superando hasta ahora tanto tropel de peligros, por donde han ascendido á la cumbre de la gloria.

Salud

Las quemaduras de pólvora precedidas de susto, tan freqüentes en este memorable sitio, como todas las demás desgracias, dieron también digna materia al discurso, y á la observación: conservaremos lo que por esta complicada maestra de la Medicina nos parece digno de nuestros conprofesores.

La quemadura de grande extensión si llega á la segunda especie, y principalmente si ataca la cara induce un estupor que según mis débiles conocimientos es peculiar á este mal.

Este estupor de quando en quando interrumpido por un subsulto general mezclado con ayes y quexidos lastimosos y fuertes, en los primeros periodos de mal, y más bien decididos en los jóvenes; preguntados los pacientes á cerca de sus dolores, suelen responder como quien tiene atacada la potencia auditiva en cierto grado, y no categóricamente: los más de ellos se reducían por toda respuesta á pedir socorro.

La separación de los principios adherentes de la cutícula, de las palmas y plantas, con el cutis del dorso del pié y mano, ordinariamente sin flictenas, es signo de una quemadura profunda hecha con fuego muy activo, y súbito, es mortal según nuestras observaciones. Varios quemados han muerto apopléticos.

El olor natural y agradable de carne asada, en las quemaduras de mucha extensión, es mortal.

Los hospitales de Cirugía-Médica estaban a fines de este mes como se ven á continuación.

Entrados: 157
Salidos: 114
Muertos: 119
Existentes: 222

Clases de enfermedades que padecen.
Heridos y fracturados: 110
Escorbúticos: 54
Quemados: 8
Galicados: 1
Afectos varios: 49»

Augereau ha continuado bombardeando las posiciones españolas con el mismo ahínco con el que ha enviado emisarios para ultimar la rendición de la plaza. Ambas acciones han resultado infructuosas. Gerona sigue sin rendirse.

Pero incluso la paciencia de un hombre de su templanza tiene un límite. Y el mariscal pasa a la ofensiva. Ordena un asalto al arrabal de Carmen, que cae en sus manos en unas pocas horas. El éxito le lleva a forzar un poco más la situación y, varios días después, en otro golpe de mano, sus soldados se hacen con las casas de la Gironella a pesar de la resistencia. La comunicación con los fuertes queda cortada aislando a sus defensores. Ahora, piensa, no va a quedarle a los españoles y a su obstinado gobernador más remedio que capitular.

Pero Augereau vuelve a equivocarse.

—Cabo, vamos a formar la compañía. Nos vamos de paseo —ordena el sargento Peláez a su subordinado con su habitual sonrisa de lobo.

El cabo Hernández enarca las cejas.

—¿Muy lejos? —se atreve a preguntar.

El sargento frunce los labios y eleva su mirada al cielo simulando calcular una distancia.

—Diría que no. —Luego rodea bruscamente con su brazo derecho los hombros de *Currocabo* y lo pone mirando de frente al fuerte que tienen a tiro de fusil—. ¿Ve usted aquel edificio? —El soldado asiente—. Pues vamos a llevar la merienda a los compatriotas que están dentro.

Álvarez ha ordenado que se suministre a las guarniciones aisladas trigo para tres días. Es todo lo que hay. Las raciones están prácticamente agotadas.

—Y... los franceses que están en medio, mi sargento? —pregunta con toda lógica el cabo.

La sonrisa del sargento Peláez se vuelve más feroz.

—Los franceses amenizarán nuestro paseo en la ida y en la vuelta. ¿Estás contento?

—Mucho, mi sargento. Como si me hubieran invitado a un baile en el palacio de Versalles con el mismísimo emperador.

Para desesperación de Augerau, los defensores de Gerona consiguen llegar hasta los fuertes y auxiliar, aunque con tan magra intendencia, a sus depauperadas guarniciones.

El día 7 de diciembre, el mariscal Augereau decide ultimar la rendición de la plaza por última vez. Álvarez de Castro, postrado en la cama y gravemente enfermo, aún tiene arrestos para musitar: «No quiero rendirme».

Augereau no se lo puede creer. Y por primera vez desde que tomara el mando entra en cólera.

—*Comment tant d'entêtement est-il possible!!?*[20] —vocifera ante sus emisarios.

La consecuencia de su ira se manifiesta de inmediato. Y Gerona es bombardeada de nuevo en toda su martirizada extensión; desde las baterías situadas a los pies de Montelibi hasta los apostaderos de los arrabales del Carmen. Pero ningún defensor se inmuta desde hace tiempo por las bombas francesas, como si ya todos hubieran adquirido consciencia de su condición de muertos.

Gerona carece a esas alturas de una verdadera defensa. Detrás de las siete brechas que presentan las líneas españolas se hacinan con las armas en la mano apenas mil combatientes

---

[20] ¿¡¡Cómo es posible tanta terquedad!!?

sin esperanza, pero con el honor intacto y la incomprensible resolución de seguir combatiendo. Los franceses, apostados en los alrededores, observan aquel panorama dantesco y guardan un silencio reverencial ante aquella legión de espectros.

Álvarez de Castro, el viejo león, agoniza en el lecho víctima del agotamiento, la desnutrición y las tercianas. Su situación parece tan irreversible que se le suministran los santos óleos. Su postración es la postración de Gerona. A las puertas de la muerte, el indómito general medita. Ya carece de combatientes. Aquellos hombres y mujeres, soldados, curas, niños y ancianos han cumplido con su deber de forma ejemplar. Inmolarlos no sería digno.
Decide capitular.
Pero pone condiciones. Los defensores de Gerona son todos, sin excepción, soldados del ejército español y como tal deberán ser tratados. Además, la ciudad no será saqueada.
Juan Bolívar, en quien recae el mando, se apresura a reunir a la Junta Corregimental y la Junta Militar para informar de la decisión del gobernador y tomar una decisión de acorde a sus órdenes. D. Blas de Fournás será el comisionado que se enviará al campo francés para rubricar la capitulación.
Si es que Augereau acepta los términos.

El mariscal francés contempla a D. Blas con curiosidad. El español no es más que un puñado de huesos dentro de un uniforme. El militar galo no entiende cómo aquella gente ha podido frenarles durante ocho meses. Le hubiera gustado departir con el fiero gobernador de Gerona, haberle hecho entender que sus esfuerzos no han servido de nada y que más hubiera valido haberse comportado desde el principio como un hombre razonable. Pero parece que se muere. Y con él, la contumacia de su resistencia. Váyase una cosa por la otra.

Augereau decide tratar al militar español con exquisita cortesía. Incluso va a tener la deferencia de chapurrear ese idioma repleto de aristas, con todas esas erres y esas zetas. Lo que, ciertamente, resulta un incordio.

—Señog cogonel, pegmítame ofjecegle un almuegso —invita Augereau con sonrisa resplandeciente y señalando una mesa al fondo de su gabinete. De Fournás, que no recuerda haber tenido tanta hambre en toda su vida, evita mirar el ágape. Pero hace una reverencia de agradecimiento hacia el mariscal francés, quien se pregunta por qué estos malditos españoles no son capaces de relajarse nunca—. ¿Pjefiegue entonses entjag en el fondo del asunto que le ha tjaido hasta aquí?

—Me honraría usted con ello, Excelencia —admite el español en un susurro.

—*Très bien*, cogonel. Como guste —concede el francés—. La cosa a mi modo de veg es sensilla. Figme usted la capitulasión y tiene mi palabja de honog de que hagué todo lo posible paga que geciban el mejog tjato. Yo busco la amistad con su pueblo.

Fournás le lanza una dura mirada al mariscal francés. No está para hipocresías. De buena gana le diría por donde podría introducirse su amistad. Pero la importancia de su cometido y su educación le impiden enzarzarse con aquel relamido imperial en una discusión tabernaria y fuera de lugar. Se centra en su misión.

—Rogaría a Su Excelencia que tuviera a bien incorporar a la capitulación las condiciones que exponemos.

—¿Condisiones, *monsieur*? —inquiere sorprendido el francés, quien en ese momento no sabe si soltar una carcajada o mandar fusilar a aquel arrogante coronelillo. Tras unos segundos de duda, sin embargo, decide conocer cuáles son esas condiciones—. *D'acord*, cogonel, veámoslas.

El mariscal de Napoleón ordena a uno de sus asistentes que lea la misiva redactada según las órdenes por Álvarez de Castro. Su rostro se pone lívido de ira. Luego se da la vuelta, pensativo. Cuando vuelve a girarse le ofrece a D. Blas de Fournás una sonrisa radiante.

—¿Eso es todo, cogonel? —Fournás asiente—. En ese caso, incogpogaguemos los deseos del genegal de Castjo a la capitulasión. Pog favor, deséele de mi pagte un pjonto gestablesimiento.

Y el mariscal Augereau sale de su gabinete sin otra despedida, silbando una musiquilla militar.

En realidad, no tiene intención de cumplir estrictamente los compromisos.

«Espagnols... qui s'en soucie?»[21].

11 de diciembre de 1809. Amanece nublado sobre las ruinas de Gerona. El frío es intenso y la niebla espesa. Entre las brumas, los franceses aparecen pasadas las ocho por la puerta del Areny, tal y como se ha pactado. Lo que queda de las tropas regulares españolas están ya formadas en columnas de a dos, dispuestas a partir para su cautiverio en Francia.

Y eso supone un grave problema para Josefina Virués y para el sargento McHarrell. Compartir cautiverio en Francia no implicará compartir destino. Así se lo intenta hacer ver el oficial irlandés a su amada.

—Debes quedarte, Josefina. Yo volveré cuando esto termine.

—¡No, yo voy contigo! —grita entre lágrimas la muchacha.

—¡No te respetarán en cuanto salgamos de aquí! ¿Es que no lo entiendes? Nunca llegarías a la frontera —grita con voz ronca el suboficial—. Quédate y salva tu vida para mí. Regresaré... algún día regresaré.

Josefina Virués, sin consuelo, está convencida de que si se despide de aquel hombre será para siempre. Y entre lágrimas, implora.

---

[21]Españoles... ¿A quién importan?

—No *Son*, aquí estoy sola. No tengo a nadie. Si te vas me moriré.

El sargento McHarrell mira alrededor con desesperación. El capitán O'Sullivan se acerca entonces.

—Quizá haya una oportunidad... —murmura el capitán con un hilo de voz. Por su aspecto nadie diría que aún continúa vivo. McHarrell le lanza una mirada escéptica.

—¡Díganos cuál, capitán! ¡Díganos cuál! —suplica desesperadamente Josefina.

—El regimiento de mujeres de Santa Bárbara saldrá de la ciudad en formación. Pero regresara cuando se haya cruzado las puertas de la ciudad. En ese momento va a haber tumultos, pillaje. Lo sabemos... Sería el momento de escapar...

—Si nos atrapan, nos fusilarán —opone McHarrell.

—Es el riego —admite el oficial—. Aunque creo saber cómo echar una mano...

El sargento McHarrell entrecierra los ojos. Intuye que aquellas palabras ocultan algo.

—¡Intentémoslo, *Son*! Yo no tengo miedo a morir —apremia Josefina, ajena a las sospechas de su irlandés.

—Ella viene en nuestra formación, mi capitán —exige el sargento.

—Nadie va a oponerse, McHarrell —garantiza el oficial—. Nadie tiene fuerzas para exigir una disciplina escrupulosa. La mitad de nosotros no va a llegar vivo al destino. Estamos ya muertos... —reflexiona el capitán O'Sullivan con amargura.

Quim Balaguer e Isabel Llobet también han decidido intentar salir de la ciudad. Parece la mejor decisión. Solo que la población civil no lo va a tener tan sencillo. Augereau ha permitido un pillaje controlado como postrera venganza a tanta resistencia. Y este se va a concentrar en los paisanos. Muy especialmente en las paisanas.

Los franceses no dan sensación de belicosidad. Se limitan

a rendir honores y a vigilar las columnas de prisioneros sin demasiado celo aparente. Pero todo está debidamente organizado. Hay escuadrones situados estratégicamente en la ruta y algunos ya han penetrado en los barrios y arrabales donde quedan casas en pie. Son los encargados del saqueo.

Cuando la reata de infelices patriotas se ha estirado lo suficiente, estos grupos de cuatro o cinco imperiales entran en acción ante la pasividad de los soldados encargados de la vigilancia. Caen como aves de presa sobre los grupos de infelices y arrancan a las hijas de los brazos de sus padres o a las mujeres de los de sus maridos. No queda fuerza para oponerse. Y quienes tienen arrestos para hacerlo se encuentran ante las bayonetas.

Ante lo que percibe inevitable, Balaguer echa mano al puñal que lleva oculto en su fajín y asiendo firmemente su empuñadura oculta su hoja en la manga de la camisa.

—Isabel, agárrate a mi cintura lo más fuerte que puedas —le urge a la mujer que camina a trompicones a su lado y apenas tiene energías para seguir avanzando—. Cúbrete la cabeza con el embozo lo más que puedas.

Los saqueadores actúan al azar, pero a Quim Balaguer y a Isabel Llobet no tarda no tarda en alcanzarles la suerte. Un soldado francés se abre paso a empujones hasta ellos y tironea de la mujer para soltarla del lazo férreo con que la sujeta Balaguer. Entre el tumulto de alrededor, ningún otro soldado imperial acierta a ver que este, previendo la situación, ha extraído su arma y ya presiona con la hoja de su daga el cuello del francés. Con su mano libre sigue sujetando firmemente a Isabel. Siente que se le acaban las fuerzas. Pero mira al soldado imperial fieramente a los ojos. Aquel tiene que percibir que la amenaza es real. Porque en verdad está dispuesto a abrirle el gaznate a aquel mal nacido si vuelve a tirar de Isabel.

El mundo se ha detenido. La riada de paisanos, cabizbajos y exánimes, pasan en torno a ellos como el agua del río sobre una roca en mitad del cauce. Y el francés y el español permanecen incólumes, retándose con la mirada, en un sordo forcejeo. El primero aún prueba y vuelve a tirar del brazo de Isabel; Balaguer aprieta los dientes y, al mismo tiempo, presiona otro poco la hoja de la daga contra el cuello de su enemigo.

Y el francés termina por desistir, suelta el brazo de la muchacha y con una sonrisa de desprecio escupe:

—*Tu peux garder ta pute.*

Balaguer no responde. Se limita a empujar a Isabel hacia la corriente humana que los circunda y, aferrado al timón de su cintura, conducirse junto a ella hacia las afueras de la ciudad derrotada.

La vileza cobarde de Augereau también ha reservado su mezquina venganza sobre el español que ha encarnado, como ningún otro, el más bravo espíritu de resistencia de Gerona. La comitiva donde viaja en camilla Álvarez de Castro es detenida. Hay un amago de revuelta entre las filas de paisanos que contemplan la escena de cerca. Pero desarmados, ya nada pueden hacer para proteger a su gobernador de la iniquidad francesa. Satué se encara con el coronel que comanda la operación.

—Son ustedes unos cobardes sin honor.

—Ese hombje acaba de pegdeg su guega —señala ociosamente el francés.

—Ese hombre acaba de ganar la inmortalidad —responde con calma Francisco Satué—. Usted solo el oprobio de los miserables.

El coronel galo tensa sus mandíbulas pero no replica.

El destino del gran defensor de Gerona es el cautiverio en Francia.

La ciudad aún se dibuja a sus espaldas cuando Patrick

---

[22]Puedes quedarte con tu puta.

O'Sullivan, capitán irlandés del Regimiento de Ultonia cree que ha llegado el momento. Conoce aquel camino. La larga columna de desgraciados atraviesa un paraje angosto, lleno de recovecos, muy cerca de las inclinadas laderas que llevan al Oñar. También, contribuyendo a sus planes, el puñado de afrancesados que ampara el ejército de Napoleón, ha elegido aquel lugar en connivencia con los segundos para dar rienda suelta a su rencor. Es el momento de ajustar cuentas con algún patriota señalado.

El capitán irlandés, que ha demorado su paso para caminar detrás de su sargento y de Josefina, susurra a la nuca de Sean McHarrell:

—*Ullmhaigh*.

El sargento McHarrell asiente y toma con firmeza por la cintura a la joven. Ambos intercambian una mirada de complicidad. Que sea lo que Dios quiera.

El capitán O'Sullivan sale de la formación y, pasando de largo del primer soldado que vigila la traílla de defensores, se abalanza sobre el segundo sin que nadie reaccione a tiempo. Eso, unido al tumulto que ha desatado las agresiones de los afrancesados, facilita el clima propicio para que el rigor en el control de los prisioneros se relaje.

Ahora o nunca.

Sean McHarrell arrastra a Josefina hasta el borde del camino y se lanza con ella ladera abajo. Ruedan unos metros y luego reptan buscando el cobijo de un endrino. Agazapados bajo el arbusto, el irlandés cruza su dedo índice sobre los labios. Suceda lo que suceda allí arriba, deben permanecer en un silencio absoluto. Les va la vida.

Y la vida que se va es la del bizarro capitán del Regimiento de Ultonia Patrick O'Sullivan. Su inmolación es la onerosa gabela que debe pagar para salvar el futuro de sus amigos. Disminuido por la enfermedad y las heridas mal sanadas, no es enemigo para los dos soldados imperiales, que lo pasan a

---

[23] Prepárate.

cuchillo a pesar del esfuerzo de algunos de sus compañeros por evitarlo. Que nadie espere caballerosidad o misericordia francesa.

Ajenos al sacrificio de otro valeroso defensor de Gerona, el sargento McHarrell y Josefina Virués atraviesan el gélido páramo gerundense bajo un cielo cárdeno de guerra.

Apodaca-Monterrey-Peal de Becerro
2016-2020

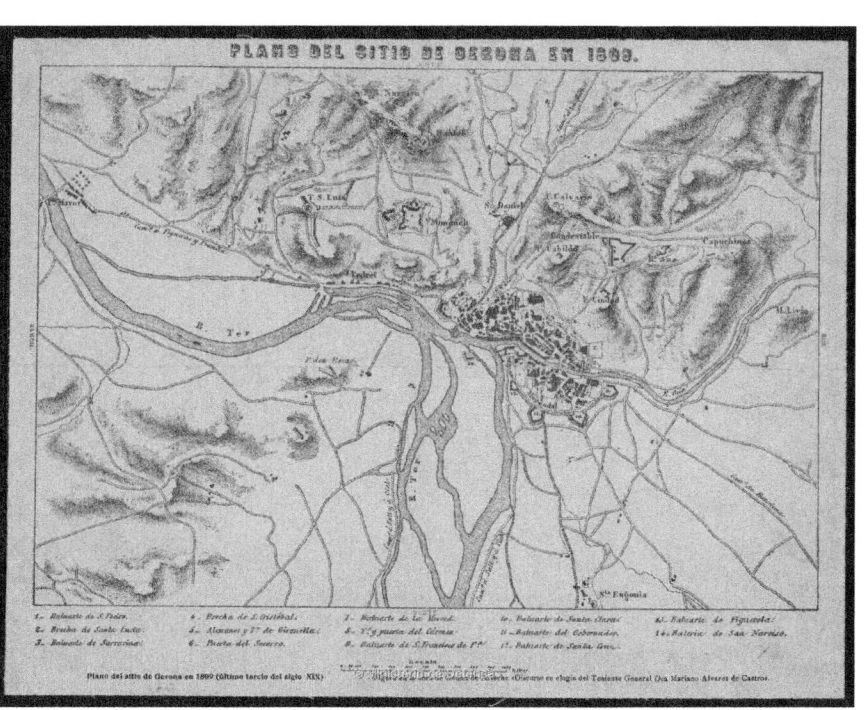

Plano del sitio de Gerona en 1809 (último tercio del siglo XIX)

OTRAS OBRAS
DEL
AUTOR

HONOR DE LEONES

José Antonio Quesada Montilla

DE TUGIA A PEAL DE BECERRO

APROXIMACIÓN A SU HISTORIA

JOSÉ ANTONIO QUESADA MONTILLA

EDICIONES
RUBEO

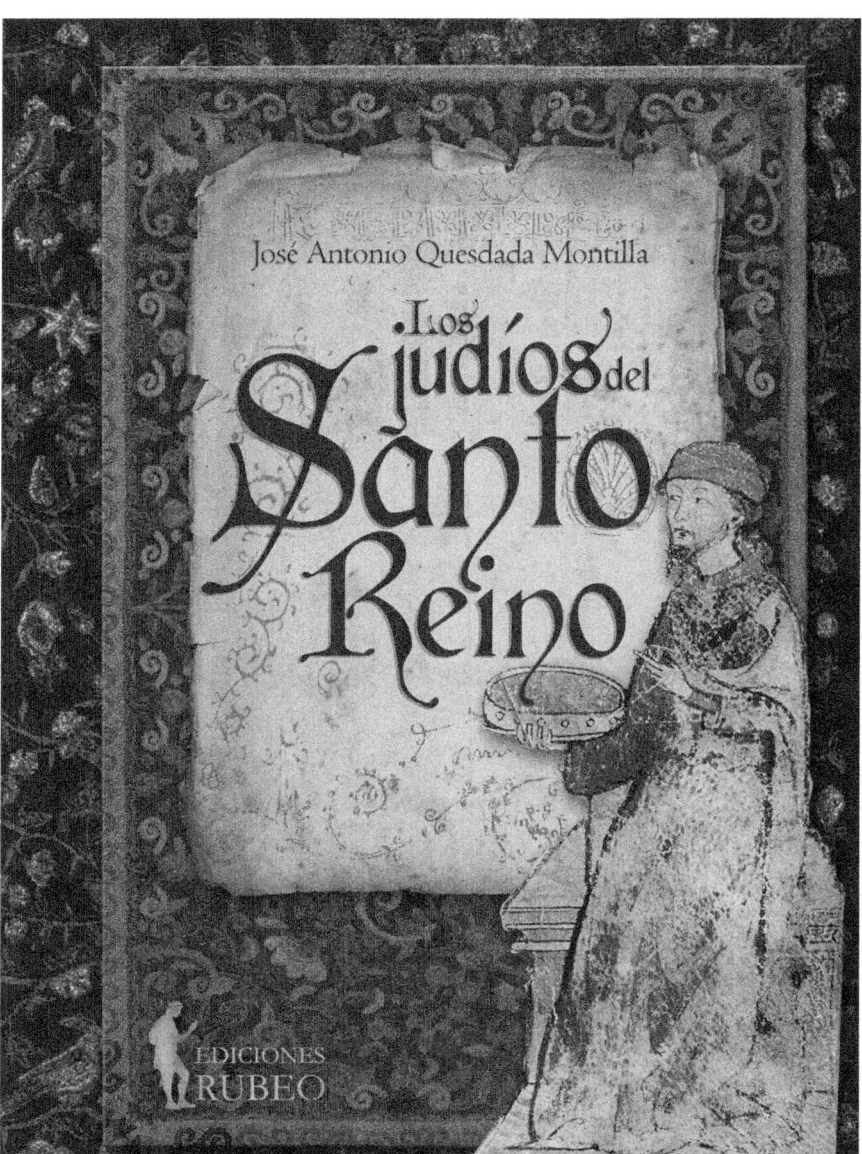

Contado después de Vivido

MEMORIAS DE CRISTÓBAL PADILLA

JOSÉ ANTONIO QUESADA MONTILLA

EDICIONES RUBEO

EDICIONES
RUBEO

Asalto a Granada
Crónica de una conquista
(1482 - 1492)

José Antonio Quesada

—ENSAYO—

Printed in Great Britain
by Amazon